사양

斜陽

세계문학전집 359

사양

斜陽

다자이 오사무

유숙자 옮김

민음사

차례

사양   7

1

아침에 식당에서 수프를 한 술 살짝 떠 입에 흘려 넣으시던 어머니가,

"아!"

낮게 소리쳤다.

"머리카락?"

수프에 뭔가 이상한 거라도 들어 있나 싶었다.

"아니."

어머니는 아무 일 없었다는 듯 다시 하느적, 수프 한 술을 입에 흘려 넣으시고는 태연히 얼굴을 돌려 부엌 유리창 너머 흐드러진 산벚꽃에 눈길을 보냈다. 그러고는 얼굴을 돌린 채 다시 하느적, 수프 한 술을 자그만 입술 사이로 미끄러지듯 떠 넣었다. '하느적'이라는 표현은 어머니의 경우, 결코 과장이 아니다. 여성 잡지 같은 데에 나오는 식사 예법과는 영 딴판이

다. 남동생 나오지(直治)가 언젠가 술을 마시며 누나인 내게 이런 말을 한 적이 있다.

"작위[1]가 있다고 해서 귀족이라 할 수는 없어. 작위가 없어도 천작[2]이라는 걸 가진 훌륭한 귀족도 있고, 우리처럼 작위는 가졌어도 귀족은커녕 천민에 가까운 치도 있지. (자신의 친구인 백작의 이름을 대며) 이와시마(岩島) 같은 녀석들은 도무지 신주쿠의 유곽 호객꾼들보다 훨씬 천박해 보인다니까. (역시 동생의 친구인 자작의 차남 이름을 대며) 요전에도 야나이(柳井)의 형 결혼식에 그 녀석이 턱시도를 입고 왔는데, 대체 뭐 때문에 턱시도를 입고 오냐고. 뭐 그건 그렇다 치고, 탁상연설을 할 때 그 녀석이 '어쩌고저쩌고이옵니다.' 해 가며 도통 알 수 없는 말을 지껄이는 데는 역겹더군. 거드름 피우는 건 품위가 있다는 것과 전혀 무관한 얄팍한 허세야. '고급 하숙'이라고 써 놓은 간판이 혼고(本鄕) 부근에 더러 있었는데, 사실 화족[3] 따위 대부분은 '고급 거지 나리'라고 부를 만한 치들이지. 진짜 귀족은 이와시마처럼 서툰 거드름을 피우지 않아. 우리 친족 중에서도 진정한 귀족은 아마 어머니 정도겠지. 어머닌 진짜야. 아무도 못 당해."

수프를 드시는 것만 봐도 그렇다. 우리는 접시 위로 약간 몸

---

1) 1947년까지 메이지 헌법 하의 일본에는 공작, 후작, 백작, 자작, 남작 등 다섯 계급이 있었다.
2) 천작(天爵). 하늘이 내린 작위. 타고난 덕이나 인격, 기품을 말한다.
3) 화족(華族). 황족과 사족(士族) 중간에 위치하며, 여러 가지 특권을 누렸다. 1947년 헌법 개정으로 폐지되었다.

을 숙인 다음 스푼을 옆으로 쥐고 수프를 떠서 스푼을 그대로 움직이지 않고 입으로 가져가 먹지만, 어머니는 왼 손가락을 가볍게 테이블 가장자리에 대고는 상체를 숙이지도 않고 얼굴을 똑바로 들어 접시를 제대로 보지도 않은 채 스푼을 옆으로 들고 살짝 떠서 그 다음엔 '제비처럼'이라고 표현하고 싶을 만큼 가뿐하고 깔끔하게 스푼을 입과 직각이 되게 들어 올려 스푼 끝에서 수프를 입술 사이로 흘려 넣는다. 그러고는 무심히 여기저기 곁눈질해 가며 하느적 하느적, 마치 작게 날갯짓하듯 스푼을 움직이는데 한 방울의 수프도 흘리지 않고, 후루룩 하는 소리도 접시 긁는 소리도 전혀 내지 않는다. 이런 게 흔히 말하는 정식 예법에 어긋나는 식사법인지는 몰라도, 내 눈에는 무척 귀여운 데가 있고 그야말로 진짜처럼 보인다. 또 사실 수프 같은 음식은 고개를 숙여 스푼으로 입을 갖다 대기보다는 느긋하게 상반신을 세우고 스푼 끝에서 입으로 흘려 넣듯이 먹는 게 신기할 정도로 맛있는 법이다. 하지만 나는 나오지가 말한 '고급 거지 나리'인 터라, 어머니처럼 그토록 가볍고 능청스럽게 스푼을 다루지 못하니 도리 없이 단념하고 접시 위로 고개를 숙인 채 소위 정식 예법대로 우울한 식사를 한다.

수프 말고도 어머니의 식사법은 이만저만 예법에 어긋난 게 아니다. 고기가 나오면 단박에 나이프와 포크로 죄다 잘게 썰어 놓은 다음, 나이프는 내 버리고 포크를 오른손으로 바꿔 쥐고는 한 조각 한 조각 포크로 찔러 천천히 기분 좋게 드신다. 또 뼈 있는 닭고기를 먹을 땐 우리가 접시 소리를 내지 않고 뼈에 붙은 살을 떼어 내느라 안간힘을 쓰는 사이, 어머니는 아무렇지 않게 덥석 손으로 뼈를 집어 들고 입으로 살을 발라 내고는 시치미를 떼신다. 그런 야만스러운 동작도 어머니가 하면 귀여울 뿐더러 묘하게 에로틱한 모습으로 비치기도 하니, 역시 진짜는 다른 법이다. 뼈 있는 닭고기뿐만 아니라 가끔 점심 반찬인 햄이나 소시지 같은 것도 어머니는 덥석 손으로 집어 드시곤 한다.

"주먹밥이 어째서 맛있는지 아니? 그건 말이야, 사람 손으로 꼬옥 쥐어서 만들기 때문이란다."

이렇게 말씀하신 적도 있다.

정말로 손으로 먹으면 맛있겠는데, 하고 나도 생각해 보지만 나 같은 '고급 거지 나리'가 설불리 흉내 내다가는 그야말로 진짜 거지꼴이 되고 말 것 같기에 나서지는 않는다.

동생 나오지조차 어머닌 못 당해, 하고 말하지만 나 또한 도저히 어머니 흉내는 엄두도 못 낼 일이고 심지어 절망에 가까운 기분을 맛보기도 한다. 언젠가 초가을 날 달빛 그윽한 밤, 니시카타초(西片町)에 있는 집 안뜰에서 어머니와 둘이서 연못가 정자에서 달구경을 하다가, 여우가 시집갈 때와 쥐가 시집갈 때 신부의 치장은 어떻게 다를까 하는 얘기를 웃으며 주고받는데 어머니가 불쑥 일어나더니 정자 옆 싸리 덤불 속으로 들어가 하얀 싸리꽃 사이로 한층 뽀얗게 도드라진 얼굴을 내밀고 웃으며,

"가즈코, 엄마가 지금 뭘 하고 있는지 맞혀 보렴."

"꽃을 꺾고 계세요."

내가 대답하자 나직이 소리 내어 웃고는,

"쉬 했어."

전혀 쪼그리고 앉은 품새가 아니어서 놀라웠지만, 나 같은 사람은 도저히 흉내 내기 힘든 참으로 사랑스러운 느낌이었다.

오늘 아침의 수프 이야기에서 꽤나 빗나가고 말았지만, 요전에 어떤 책을 읽다가 루이 왕조 시절의 귀부인들은 궁전 뜰이나 복도의 구석진 데서 아무렇지 않게 소변을 봤다는 사실을 알고 그 순수함이 참으로 사랑스러웠는데, 우리 어머니도 그런 진짜 귀부인의 마지막 한 사람이 아닐까 생각했다.

그런데 오늘 아침에는 수프를 한 술 뜨시다가 아, 하고 나직이 외치는 소리에 머리카락? 하고 여쭈었더니, 아니, 하고 대답하신다.

"조금 짠가요?"

오늘 아침 수프는 요전에 미국이 배급한 그린피스[4] 통조림을 내가 체로 곱게 내려 포타주[5]처럼 만든 것이다. 원래 요리에 자신이 없는 터라 어머니가 아니, 하고 대답했지만 여전히 안절부절못해 물어보았다.

"아주 잘 되었어."

어머니는 진지하게 말하고 수프를 다 드신 다음에는 김으로 싼 주먹밥을 손으로 집어 드셨다.

나는 어릴 적부터 아침밥이 맛없고 10시경이 되어야 시장해지는 탓에 그때도 수프는 그럭저럭 끝냈지만 먹는 게 성가

---

4) 그린피스(green peas). 청완두. 완두콩의 일종.
5) 포타주(potage). 걸쭉한 수프.

셔서 접시에 놓인 주먹밥을 젓가락으로 뒤적여 망가뜨리고 나서 찔끔 집어 들고 어머니가 스푼으로 수프를 드실 때처럼 젓가락을 입과 직각이 되도록 올려 마치 새끼 새에게 먹이를 주듯 입으로 밀어 넣고 느릿느릿 먹는 사이, 어머니는 이미 식사를 다 마치고는 자리에서 살짝 일어나 아침 햇살이 비치는 벽에 등을 기댄 채 잠시 내가 식사하는 걸 잠자코 지켜보다가,

"가즈코는 아직 힘든가 보구나. 아침밥을 가장 맛있게 먹어야 할 텐데."

"어머니는요? 맛있어요?"

"그럼, 난 이제 환자가 아니니까."

"가즈코도 환자가 아닌걸요."

"아냐, 아냐."

어머니는 쓸쓸히 웃으며 고개를 저었다.

나는 5년 전, 폐병을 빌미로 몸져누운 적이 있는데 그건 사실 제멋대로 지어낸 병이었다. 하지만 요 근래 어머니의 병세야말로 심각하여 정말이지 걱정스럽고 안타까웠다. 그런데도 어머니는 내 걱정만 하신다.

"아!"

내가 말했다.

"응?"

이번엔 어머니가 묻는다.

서로 얼굴을 마주보며 뭔가 완전히 통했다는 걸 느끼고 후후훗 내가 웃자, 어머니도 빙그레 웃으셨다.

무언가 몹시 부끄러운 생각에 사로잡혔을 때 아! 하고 기묘

한 외침이 희미하게 터져 나온다. 방금 내 가슴에 느닷없이 6년 전 이혼하던 때가 또렷이 떠올라, 나도 모르게 그만 아! 소리를 내고 말았는데 어머니는 어떠실까. 설마 어머니에게 나처럼 부끄러운 과거가 있을 리는 없고, 아니지, 어쩌면 뭔가가.

"어머니도 아까 뭔가 떠올리셨죠? 무슨 일이에요?"

"잊어버렸어."

"나?"

"아니."

"나오지?"

"그래."

하고는 고개를 갸웃하며,

"그럴지도 모르지."

동생 나오지는 대학에 다니다 징집되어 남방의 섬으로 갔는데 소식이 끊기고 말았다. 전쟁이 끝난 뒤에도 행방불명이라 어머니는 다시 나오지를 만날 수 없으리라는 걸 각오하고 있다고 말씀하시지만, 나는 그런 '각오' 따윈 한 번도 한 적 없고 꼭 만날 수 있다는 생각뿐이다.

"단념하긴 했어도 맛있는 수프를 먹으니 나오지 생각이 간절하더구나. 좀 더 나오지에게 잘해 줄걸 그랬어."

나오지는 고등학교에 들어간 무렵부터 문학에 푹 빠져 거의 불량소년이나 다름없는 생활을 하는 통에 어머니 속을 얼마나 끓였는지 모른다. 그런데도 어머니는 수프를 한 술 드시고는 나오지 생각에 아! 하셨다. 나는 입안에 밥을 문 채 눈시울이 뜨거워졌다.

"괜찮아요. 나오지는 괜찮아요. 나오지 같은 악당은 웬만해선 안 죽어요. 죽는 사람은 으레 얌전하고 예쁘고 착한 사람이죠. 나오지는 몽둥이로 패도 안 죽어요."

어머니는 웃으며,

"그럼 가즈코는 일찍 죽으려나?" 하고 나를 놀린다.

"어머, 어째서요? 난 악당보다 한 수 위니까 여든까지는 거뜬해요."

"그래? 그럼 엄마는 아흔까지는 거뜬하겠어."

"네." 하다 말고 조금 난처해졌다. 악당은 오래 산다. 아름다운 사람은 일찍 죽는다. 어머니는 고우시다. 하지만 오래 사셨으면 좋겠다. 나는 어찌할 바를 몰랐다.

"짓궂어요!"

아랫입술이 부르르 떨리고 눈물이 넘쳐흘렀다.

뱀 이야기를 할까. 네댓새쯤 전 오후에 근처 아이들이 마당 울타리 대숲에서 뱀 알을 열 개 남짓 발견했다.

아이들은,

"살무사 알이야." 하고 주장했다. 나는 그 대숲에 살무사가 열 마리나 태어나면 섣불리 마당에도 못 나가겠다 싶어,

"태워 버리자."

아이들은 뛸 듯이 기뻐하며 내 뒤를 따라왔다.

대숲 가까이서 나뭇잎이며 마른 가지를 쌓아 올려 불을 피우고 그 불길에 알을 하나씩 던져 넣었다. 알은 좀처럼 타지 않았다. 아이들이 나뭇잎이며 잔가지를 좀 더 불 위에 끼얹어

불길을 세게 해 봐도 알은 도무지 타지 않았다.

아랫마을 농가의 처녀가 울타리 밖에서,

"뭘 하시는 거예요?" 웃으며 물었다.

"살무사 알을 태우고 있어요. 살무사가 나오면 무섭잖아요."

"알 크기는 어느 정도예요?"

"메추라기 알만하고 새하얗더군요."

"그럼 그냥 뱀 알이에요. 살무사 알은 아니겠죠. 생 알은 좀체 타지 않아요."

처녀는 자못 우습다는 듯 웃고 가 버렸다.

30분쯤 불을 피워도 도통 알이 타지 않기에 아이들에게 알을 불 속에서 꺼내 매화나무 아래 파묻게 하고, 나는 돌멩이를 모아 묘표를 만들었다.

"자아, 모두 기도해요."

내가 몸을 웅크려 합장하자, 아이들도 얌전히 내 뒤에 웅크리고 합장을 하는 기색이었다. 그러고 나서 아이들과 헤어져 나 혼자 돌계단을 천천히 올라오니, 돌계단 위 등나무 덩굴 아래 어머니가 서 계셨다.

"가여운 일을 저질렀구나."

"살무사인줄 알았는데 그냥 뱀이었어요. 하지만 제대로 묻어 주었으니 괜찮아요."

말하면서도 어머니에게 들킨 건 실수라고 생각했다.

어머니는 결코 미신을 믿는 편은 아니지만 10년 전 아버지가 니시카타초의 집에서 돌아가신 후부터 뱀을 아주 무서워하신다. 아버지의 임종 직전에 어머니가 아버지의 머리맡에 가느다란 검정 끈이 떨어져 있는 걸 보고 무심코 주우려고 했는데, 그게 뱀이었다. 스르르 복도로 도망쳐 버려 어디로 갔는지 알 수 없지만, 그걸 본 사람은 어머니와 와다(和田) 외삼촌뿐이다. 그래도 임종을 지키는 방에서 소란을 피울 수 없어 두 분은 얼굴을 마주한 채 꾹 참고 가만히 계셨다고 한다. 그런 탓에 우리도 그 자리에 함께 있었지만 그 뱀에 대해 전혀 알지 못했다.

그러나 아버지가 돌아가신 그날 저녁 무렵, 정원 연못가의 나무란 나무에 전부 뱀이 올라앉아 있던 모습은 나도 직접 봐서 알고 있다. 나는 스물아홉이나 먹은 할머니라 10년 전 아버지가 돌아가셨을 때는 이미 열아홉 살이었다. 이미 어린애가 아니었으니까 10년이 지난 지금도 그때의 기억은 또렷해서 틀림없으리라. 내가 영전에 바칠 꽃을 준비하기 위해 정원 연못 쪽으로 걸어가다 연못가 철쭉나무 자리에 멈춰 서서 언뜻 보니, 바로 철쭉가지 끝에 작은 뱀이 휘감겨 있었다. 흠칫 놀라 그 옆의 황매화 꽃가지를 꺾으려는데 그 가지에도 휘감겨 있었다. 그 옆의 물푸레나무에도, 어린 단풍나무에도, 금작화에도, 등나무에도, 벚나무에도 어느 나무 할 것 없이 뱀이 휘감겨 있었다. 하지만 나는 그다지 무섭다고는 여기지 않았다. 뱀도 나와 마찬가지로 아버지의 죽음을 슬퍼하여 구멍에서 기어 나와 아버지의 영혼을 위해 빌어 주고 있다는 느낌이 들었을 뿐이다. 나는 정원에서 본 뱀 이야기를 어머니에게 살짝 알렸는데, 어머니는 차분히 잠시 고개를 갸우뚱하며 뭔가 생각하는 기색일 뿐 별 말씀은 없었다.

하지만 이 두 가지 뱀 사건 이후로 어머니가 뱀을 끔찍이 싫어하게 된 건 사실이다. 뱀을 싫어한다기보다는 뱀을 숭배하고 두려워하는, 이를테면 경외심을 품게 된 듯하다.

뱀 알을 태우다 들키고 만 것이 어머니에겐 뭔가 굉장히 불길한 느낌을 주었을 게 틀림없다고 생각하니, 나도 갑자기 뱀 알을 태운 게 섬뜩해지면서 어쩌면 이 일이 어머니에게 뒤탈을 끼치지는 않을까 노심초사하여 다음 날도 또 그 다음 날도 온통 그 생각뿐인데, 오늘 아침 식당에서 아름다운 사람은 일찍 죽는다느니 쓸데없는 말을 흘리는 바람에 뒤늦게 수습도 못한 채 울고 말았다. 아침 식사 후 설거지를 하면서 내 가슴 속 깊숙이 어머니의 명을 앞당기는 께름칙한 새끼 뱀 한 마리가 들어앉은 것 같아 참기 힘들었다.

그리고 그날, 나는 정원에서 뱀을 보았다. 무척 따사롭고 멋진 날씨여서 부엌일을 끝내고 정원 잔디밭에 등의자를 내놓고 뜨개질을 할 생각으로 의자를 들고 마당으로 내려서는데, 징검돌 옆 조릿대에 뱀이 있었다. 아이, 징그러워! 나는 그저 그렇게만 여기고 더 이상 깊이 생각지도 않고 등의자를 들고 되돌아 툇마루로 올라 거기에다 의자를 놓고 앉아 뜨개질을 했다. 오후에 나는 정원 귀퉁이의 불당에 보관해 둔 장서 가운데 로랑생[6]의 화집을 꺼내 오려고 정원으로 내려갔다. 잔디밭 위에 뱀이 어슬렁어슬렁 기어가고 있었다. 아침에 본 뱀

---

6) 마리 로랑생(Marie Laurencin, 1885~1956). 프랑스의 화가. 감각적이고 독특한 화풍을 만든 여성 화가로서 당대에 인기를 누렸다.

과 똑같다. 날씬하고 우아한 뱀이었다. 암컷이다, 하고 생각했다. 그녀는 잔디밭을 조용히 가로질러 찔레꽃 뒤로 가서 멈췄다가 고개를 쳐들고, 가느다란 불꽃 같은 혀를 날름거렸다. 그러고는 주변을 둘러보는 듯하더니, 잠시 후 머리를 숙이고 무척 깨나른하게 몸을 웅크렸다. 나는 그때도 그저 아름다운 뱀이라는 생각만 강했고, 불당에 가서 화집을 꺼내 들고 돌아오는 길에 아까 뱀이 있던 곳을 힐끗 보았으나 이미 없었다.

해 질 녘 어머니와 응접실에서 차를 마시며 마당 쪽을 내다보니, 돌계단의 세 번째 돌 위로 오늘 아침 그 뱀이 다시 스르르 나타났다.

어머니도 그걸 발견하고,

"저 뱀은?"

말씀하시자마자 자리에서 일어나 달려와서는 내 손을 잡고 그 자리에서 꼼짝도 않았다. 그 말을 들은 나도 퍼뜩 알아채고,

"알의 어미?"

입 밖에 내고 말았다.

"그래, 맞아."

어머니의 목소리는 꺼칠했다.

우리는 손을 맞잡고 숨을 죽인 채 가만히 그 뱀을 지켜보았다. 돌 위에 깨나른하게 웅크리고 있던 뱀은 비틀거리듯 다시 움직이기 시작하더니, 힘없이 돌계단을 가로질러 제비붓꽃 쪽으로 기어들었다.

"오늘 아침부터 정원을 돌아다녔어요."

내가 나직이 말하자, 어머니는 한숨을 쉬고 털썩 의자에 주

저않으며,

"그렇지? 알을 찾는 거야. 가여워라."

울적하게 말씀하셨다.

나는 어쩔 도리 없이 후후 웃었다.

저녁 해가 어머니의 얼굴을 비추어 어머니의 눈이 푸르스름하니 반짝였다. 얼핏 노여움을 띤 그 얼굴은, 대뜸 달려가 안기고 싶을 만치 아름다웠다. 그리고 나는 아아, 어머니의 얼굴은 아까 본 그 슬픈 뱀과 어딘가 닮았다고 생각했다. 또한 내 가슴속에 살무사처럼 흉측한 뱀이 굼실굼실 자리 잡고 있어, 깊은 슬픔으로 더없이 아름다운 어미 뱀을 언젠가 물어 죽이고 마는 게 아닐까, 어쩐지 자꾸만 그런 느낌이 들었다.

나는 어머니의 부드럽고 가냘픈 어깨에 손을 얹고 까닭 모를 몸부림을 쳤다.

우리가 도쿄 니시카타초의 집을 버리고 이곳 이즈(伊豆)의 중국풍 산장으로 이사한 것은 일본이 무조건 항복을 한 그해 12월 초순이었다. 아버지가 돌아가시고 나서 우리 집의 경제는 어머니의 남동생이자 지금은 어머니의 유일한 혈육인 와다 삼촌이 전부 돌봐 주셨는데, 와다 삼촌이 전쟁이 끝나고 세상도 변해 더 이상 버티기 힘드니 집을 파는 수밖에 없겠다, 하녀들도 죄다 내보내고 모녀 둘이서 시골 어딘가에 아담한 집을 사서 편하게 지내는 게 낫겠다고 어머니께 말씀드린 낌새다. 어머니는 돈에 관해선 아이보다도 더 아는 게 없는 분이라, 와다 삼촌의 말을 듣고는 그럼 잘 부탁한다며 내맡긴 것 같았다.

11월 말, 삼촌한테서 속달이 왔다. 슨즈(駿豆) 철도 인근에 가와다(河田) 자작의 별장이 매물로 나왔는데 집은 고지대여서 전망이 좋고 밭도 100평 남짓 된다, 그 일대는 매실의 명소로 겨울에 따뜻하고 여름은 시원해서 살아 보면 틀림없이 마음에 드실 거다, 상대방을 직접 만나 이야기를 나눌 필요가 있으니 아무쪼록 내일 긴자(銀座)의 내 사무실로 나와 주시기 바란다는 내용이었다.

"어머니, 가시겠어요?" 내가 물으니,

"그야, 부탁을 했으니까."

더없이 쓸쓸한 미소를 지으며 말씀하셨다.

다음 날, 어머니는 예전에 운전기사로 일했던 마쓰야마(松山) 씨에게 부탁해서 정오 조금 지나 외출했다가 밤 8시경, 마쓰야마 씨와 함께 귀가했다.

"결정했어."

어머니는 내 방으로 들어와 책상에 손을 짚고 그대로 무너지듯 주저앉으며 그렇게 한마디 하셨다.

"결정하다니, 뭘요?"

"전부."

"맙소사." 나는 깜짝 놀라,

"어떤 집인지 보지도 않고……."

어머니는 책상 위에 한쪽 팔꿈치를 세워 이마에 살짝 손을 갖다 댄 채 작은 한숨을 내쉬고,

"와다 삼촌이 좋은 곳이라고 하더구나. 난 이대로 눈을 딱

감고 그 집으로 가도 괜찮을 것 같아."

그러고는 얼굴을 들어 희미하게 미소 지었다. 다소 핼쑥한 얼굴이 아름다웠다.

"그래요."

나도 와다 삼촌에 대한 어머니의 아름다운 신뢰에 지고 말아 맞장구를 쳤다.

"그렇담, 가즈코도 눈 딱 감을래요."

둘이서 소리 내어 웃었지만, 웃고 나니 한없이 쓸쓸해졌다.

그 후 매일 집으로 인부가 와서 이삿짐 꾸리기가 시작되었다. 와다 삼촌도 찾아와 팔 만한 물건은 팔아 치우도록 이것저것 챙겨 주셨다. 나는 하녀 오키미(お君)와 둘이서 옷 정리를 하거나 정원에서 잡동사니를 태우느라 분주한데, 어머니는 정리하는 걸 전혀 거들지도 시키지도 않고 날마다 방에서 공연히 꾸물거리기만 하신다.

"왜 그러세요? 이즈에 가기 싫으세요?"

큰맘 먹고 쌀쌀맞게 물어봐도,

"아니야."

멍한 표정으로 대답할 뿐이었다.

열흘쯤 지나 정리가 끝났다. 저녁 무렵 내가 오키미와 둘이서 휴지며 지푸라기들을 정원에서 태우고 있을 때, 어머니도 방에서 나와 툇마루에 서서 말없이 모닥불을 지켜보셨다. 을씨년스럽고 차가운 서풍이 불어와 연기가 낮게 땅바닥을 기는데, 나는 문득 어머니의 얼굴을 쳐다보고 어머니의 안색이 여태껏 본 적이 없을 정도로 나빠 깜짝 놀랐다.

"어머니! 안색이 안 좋아요!"

소리치자 어머니는 옅은 미소를 띠고,

"아무렇지 않아."

다시 가만히 방으로 들어가셨다.

그날 밤, 이불은 벌써 짐 꾸리기를 마친 뒤라 오키미는 2층 방 소파에서, 어머니와 나는 이웃집에서 빌린 이불을 하나 깔고 어머니 방에서 함께 잤다.

어머니는 화들짝 놀랄 만큼 늙고 쇠약해진 목소리로,

"가즈코가 있으니까, 가즈코가 곁에 있어 주니까, 내가 이즈에 가는 거야. 가즈코가 있어 주니까." 하고 뜻밖의 말씀을 하셨다.

나는 덜컥 놀라,

"가즈코가 없으면?" 하고 얼결에 물었다.

어머니는 갑자기 울음을 터뜨리며,

"죽는 게 나아. 아버지가 돌아가신 이 집에서 엄마도 죽어 버리고 싶어."

띄엄띄엄 말씀하시다, 끝내 서럽게 우셨다.

어머니는 지금까지 내게 한 번도 이런 약한 소리를 하신 적이 없었고, 또한 이토록 서럽게 우시는 모습을 내게 보인 적도 없었다. 아버지가 돌아가셨을 때도, 내가 시집갈 때도, 그리고 임신해 어머니에게 돌아왔을 때도, 또 병원에서 아기를 사산했을 때도, 내가 병으로 몸져누웠을 때도, 또 나오지가 못된 짓을 저질렀을 때도, 어머니는 결코 이처럼 약한 태도를 보이지 않았다. 아버지가 돌아가신 이래 10년 동안, 어머니는 아버지가 살아 계실 때와 조금도 다름없이 느긋하고 상냥한 어머니였다. 그래서 우리도 마음껏 응석을 부리며 자랐다. 하지만 어머니에겐 이제 돈이 없다. 우리를 위해, 나와 나오지를 위해 한 푼도 아낌없이 죄다 써 버렸다. 그리고 이제 오래도록 정든 이 집을 떠나, 이즈의 자그마한 산장에서 나와 단둘이 적적한 생활을 시작해야만 한다. 만약 어머니가 심술궂고 쩨쩨하고 우리를 야단치고 또 몰래 자기 돈만 불릴 궁리를 하는 분이라면, 아무리 세상이 변해도 이렇듯 죽고 싶다는 기분이 들지는 않을 텐데. 아아, 돈이 없다는 건 얼마나 두렵고 비참하고 희망 없는 지옥인가, 하고 난생처음 깨달은 양 가슴이 미어지고 너무나 괴로워 울고 싶어도 울 수 없었다. 인생의 엄숙함이란 이런 느낌을 말하는 걸까. 옴짝달싹도 할 수 없는 심정으로 똑바로 누운 채 나는 돌덩이처럼 가만히 있었다.

다음 날, 어머니는 여전히 안색이 좋지 않고 한결 꾸물대며 잠시라도 오래 이 집에 머물고 싶은 눈치였는데, 와다 삼촌이 오셔서 이제 짐은 거의 부쳤으니 오늘 이즈로 출발하지, 하고 일렀기 때문에 어머니는 마지못해 코트를 입었다. 작별 인사를 건네는 오키미와 몇몇 일꾼들에게 말없이 고개 숙여 답하고 나서 삼촌과 나, 어머니까지 세 사람은 니시카타초의 집을 나섰다.

기차는 비교적 한산해 세 사람 모두 앉을 수 있었다. 기차 안에서 삼촌은 굉장히 기분이 좋은 듯 우타이[7]를 흥얼거렸지

---

7) 우타이(謠). 일본의 전통 가면극인 노가쿠(能樂)의 가사. 여기에 가락을 붙

만, 어머니는 안색이 나빴고 고개를 숙인 모습이 무척 추워 보였다. 미시마에서 슌즈 철도로 갈아타고 이즈 나가오카(長岡)에서 하차한 뒤, 다시 버스로 15분 정도 가서 내려 산 쪽으로 완만한 비탈길을 올라가니 작은 부락이 있었다. 그 부락의 변두리에 중국풍으로 멋을 부린 산장이 있었다.

"어머니, 생각보다 좋은 곳이네요."

나는 숨을 헐떡거리며 말했다.

"그렇구나."

어머니도 산장의 현관 앞에 서서 얼핏 기뻐하는 눈빛이었다.

"무엇보다 공기가 좋아요. 아주 깨끗해요."

삼촌은 자랑했다.

"정말 그래." 어머니가 미소 지으며,

"맛있어. 이곳 공기는 맛있어."

그리고 셋이서 웃었다.

현관에 들어가 보니 도쿄에서 부친 짐이 벌써 도착해, 현관이건 방이건 온통 짐으로 가득했다.

"게다가 방에서 보이는 전망이 좋아요."

삼촌은 기분이 들떠 우리를 방으로 잡아끌다시피 데려가 앉혔다.

오후 3시경의 겨울 햇살이 정원 잔디밭에 부드럽게 내리비치고 있었다. 잔디밭에서 돌계단을 내려간 곳에는 작은 연못이 있고 매화나무가 많았다. 정원 아래에는 귤밭이 펼쳐지고

여 노래를 부른다.

거기부터 마을 길이 있었다. 그 건너편은 논인데 저 멀리 건너편에는 솔숲이 있어 그 솔숲 너머로 바다가 보였다. 이렇게 방에 앉아 있으니, 바다는 바로 내 가슴께에 수평선이 닿을 정도의 높이였다.

"부드러운 경치구나."

어머니는 쓸쓸하게 말했다.

"공기 탓일까요? 햇살이 도쿄하곤 완전히 달라요. 마치 비단결 같아요."

나는 신이 나서 말했다.

제법 큰 방과 작은 방, 중국풍 응접실과 현관, 욕실, 식당과 부엌, 그리고 2층에는 넓은 침대가 딸린 손님용 방 하나, 이 정도이긴 해도 우리 두 사람, 아니 나오지가 돌아와 셋이 되어도 그리 불편하지는 않겠다고 생각했다.

삼촌은 이 마을에서 딱 한 곳뿐이라는 여관에 식사를 주문하고 돌아와, 잠시 후 배달된 도시락을 방에 펼쳐 놓고 직접 가져온 위스키를 마시며 이 산장의 전 주인인 가와타(河田) 자작과 중국 여행을 갔을 때의 실수담 등을 유쾌하게 들려주었지만, 어머니는 도시락에 겨우 잠깐 젓가락을 댈 뿐이었다. 이윽고 사위가 어둑해질 즈음,

"이대로 좀 누웠으면."

나직이 말씀하셨다.

나는 짐 속에서 이불을 꺼내 눕혀 드리고 왠지 몹시 마음에 걸리는 구석이 있어, 짐을 뒤적여 체온계를 찾아내 열을 재어 보았는데 39도였다.

삼촌도 많이 놀란 듯, 우선 아랫마을로 의사를 찾아 나섰다.

"어머니!"

불러도 그저 꾸벅꾸벅 졸고 계신다.

나는 어머니의 자그만 손을 꼭 잡고 흐느껴 울었다. 어머니가 너무도 가여워서, 아니 우리 두 사람이 너무도 가여워서 도무지 울음이 멈추지 않았다. 울면서 정말 이대로 어머니와 함께 죽고 싶다고 생각했다. 이제 우리는 아무것도 필요 없어. 우리 인생은 니시카타초의 집을 나설 때, 이미 끝났다고 생각했다.

두 시간쯤 지나 삼촌이 마을의 의사 선생님을 모시고 왔다. 의사 선생님은 나이가 꽤 지긋한 분으로 고급 비단 바지에 흰 버선을 신고 있었다.

진찰이 끝나고,

"폐렴이 될지도 모르겠습니다. 그러나 폐렴이 되더라도 염려할 건 없습니다." 하는 영 미덥지 못한 말씀을 하시고 주사를 놓아 준 뒤 돌아갔다.

다음 날도 어머니의 열은 내리지 않았다. 와다 삼촌은 내게 2000엔을 건네며, 만약 입원을 하게 되면 도쿄로 전보를 치라는 말을 남기고 일단 그날 귀경했다.

나는 짐 속에서 꼭 필요한 최소한의 취사도구를 꺼내 죽을 만들어 어머니에게 권했다. 어머니는 누운 채 세 숟가락을 드시고는 이내 고개를 저었다.

정오 무렵, 아랫마을 의사 선생님이 다시 오셨다. 이번엔 정장 바지 차림은 아니었지만 역시나 흰 버선을 신고 있었다.

"입원하는 편이⋯⋯."

내가 말하자,

"아니, 그럴 필요는 없습니다. 오늘은 좀 더 강한 주사를 놓아드릴 테니까, 열도 내리겠지요."

여전히 못 미더운 대답을 한 뒤, 말씀대로 강한 주사를 놓아주고 돌아갔다.

그런데 그 강한 주사가 신기하게 효험이 있었는지 그날 정오 즈음 어머니의 얼굴이 새빨개지고 땀이 비 오듯 났다. 잠옷을 갈아입을 때 어머니는 웃으며,

"명의일지도 몰라."

열은 37도로 내렸다. 나는 기쁜 나머지, 이 마을에 단 한 곳뿐인 여관으로 달려가 여관 주인에게 부탁해서 계란을 열 개 얻어 바로 반숙을 만들어 어머니에게 드렸다. 어머니는 반숙 세 개, 그리고 죽을 반 그릇쯤 드셨다.

다음 날, 마을의 명의가 이번에도 흰 버선을 신고 왔다. 내가 어제의 강한 주사에 대해 감사 인사를 드리자, 효과는 당연지사라는 표정으로 크게 끄덕였다. 정성껏 진찰하고 나서 내쪽을 돌아보며,

"사모님은 이제 완쾌되셨습니다. 그러니 이제부턴 무얼 드셔도 무얼 하셔도 괜찮습니다."

여전히 묘한 말투로 말씀하시는 통에 나는 웃음이 터지려는 걸 꾹 참느라 애먹었다.

의사 선생님을 현관까지 배웅해 드리고 방으로 돌아오니, 어머니는 침상에 앉아 계셨다.

"정말 명의구나. 난 이제 다 나았어."

무척 즐겁고 들뜬 표정으로 혼잣말을 하셨다.

"어머니, 장지문을 열까요? 눈이 와요."

꽃잎처럼 탐스러운 함박눈이 펄펄 내리고 있었다. 나는 장지문을 열고 어머니와 나란히 앉아, 유리문 너머로 눈을 바라보았다.

"이젠 다 나았어."

어머니는 거듭 혼잣말을 했다.

"이렇게 앉아 있으니 옛날 일들이 모두 꿈만 같구나. 난 사실 이사 직전까지도 이즈로 오는 게 정말이지 이루 말할 수 없이 싫더구나. 니시카타초의 집에 하루라도 반나절만이라도 좀 더 머물고 싶었어. 기차를 탔을 때는 거의 죽은 거나 다름없는 기분이었고 여기 도착해서도 처음엔 조금 즐겁기도 했지만, 어둑해지고 나니 금세 도쿄가 그리워 가슴이 까맣게 타는 듯 정신이 아득해지고 말았어. 보통 병이 아니야. 신께서 나를 한번 죽게 하시고 어제까지의 나와 다른 나를 만들어 다시 태어나게 하셨어."

그 후 오늘까지, 우리 둘만의 산장 생활이 그럭저럭 별일 없이 평온하게 이어져 왔다. 마을 사람들도 우리에게 친절히 대해 주었다. 여기로 이사 온 것이 작년 12월, 그리고 1월, 2월, 3월, 4월 오늘까지, 우리는 식사 준비 말고는 대개 툇마루에서 뜨개질을 하거나 응접실에서 책을 읽고 차를 마시면서, 거의 세상을 등지다시피 한 생활을 했다. 2월에는 매화가 피어 이 마을 전체가 온통 매화꽃으로 뒤덮였다. 그리고 3월에도 바람

없는 온화한 날이 많아, 활짝 핀 매화가 전혀 시들지 않은 채 3월 말까지 연신 아름다운 꽃을 피웠다. 아침에도 낮에도 저녁에도 밤에도, 매화꽃은 한숨이 터질 정도로 아름다웠다. 그리고 툇마루의 유리문을 열면, 언제나 꽃향기가 방으로 후욱 흘러들었다. 3월 말 해거름에는 어김없이 바람이 불어, 해 질 녘 식당에서 차 마실 준비를 하노라면 창문으로 매화 꽃잎이 날아들어 찻잔 속에 숨어 젖었다. 4월이 되어 어머니와 내가 툇마루에서 뜨개질하면서 나누는 화젯거리는 대개 밭을 일구는 계획이었다. 어머니도 거들고 싶다고 하신다. 아아, 이렇게 쓰고 있자니, 언젠가 어머니가 말씀하신 대로 우리는 정말로 한 번 죽어서 예전의 우리와 다른 모습으로 다시 태어난 것 같다. 그러나 예수님의 부활은 결국 인간에겐 불가능한 게 아닐까? 어머니는 말씀은 그렇게 하셨어도 여전히 수프를 한 술 드시고는 나오지 생각에 아! 외치신다. 그리고 내 과거의 상처도 사실 전혀 낫지 않았다.

아아, 무엇이건 숨김없이 솔직하게 쓰고 싶다. 이 산장의 평온은 죄다 거짓이고 허울에 불과하다고, 속으로 생각할 때조차 있다. 이것이 우리 모녀가 신께 받은 짧은 휴식 기간이라 해도, 이미 이 평화에는 뭔가 불길하고 어두운 그림자가 소리 없이 다가와 있는 듯한 느낌을 지울 수 없다. 어머니는 행복을 가장하면서 나날이 쇠약해지고, 내 가슴속에 깃든 살무사는 어머니를 희생시키면서까지 살이 오른다. 내가 아무리 힘껏 짓눌러도 살이 찐다. 아아, 이것이 그저 계절 탓이기만 하다면 좋으련만, 나는 요즘의 이런 생활이 도저히 참을 수 없어지곤

한다. 뱀 알을 태우는 경솔한 짓을 저지른 것도, 이렇듯 초조한 내 마음이 표출된 게 틀림없다. 단지 어머니의 슬픔을 더욱 깊어지게, 어머니를 쇠약해지게 할 뿐이다.

'사랑'이라 썼다가, 그 다음은 쓰지 못했다.

2

뱀 알을 태운 일이 있고 나서 열흘쯤 지나 불길한 일이 연거푸 일어났다. 어머니의 슬픔을 한층 깊어지게, 목숨을 엷어지게 만들었다.

내가 불을 내고 말았다.

내가 불을 내다니. 내 생애에 그런 무서운 일이 있으리라고는 어릴 적부터 지금껏 꿈에서조차 생각한 적이 한 번도 없건만.

불을 소홀히 하면 불이 난다는 지극히 당연한 사실도 미처 깨닫지 못할 만큼 나는 흔히 말하는 '공주님'이었던 걸까?

밤중에 화장실에 가려고 일어나 현관의 칸막이 옆까지 갔는데, 욕실 쪽이 환했다. 무심코 들여다보니 욕실의 유리문이 새빨갛고 타닥타닥 소리가 들렸다. 종종걸음을 치며 달려가 욕실 쪽문을 열고 맨발로 밖으로 나가 보니, 욕실 아궁이 옆에 높이 쌓아 둔 장작더미가 무서운 불길로 타오르고 있었다.

마당이 맞닿은 아랫집 농가로 달려가 힘껏 문을 두드리며,

"나카이(中井) 씨! 일어나세요, 불이에요!" 하고 외쳤다.

나카이 씨는 벌써 잠자리에 든 모양이지만,

"예, 곧 갑니다." 라고 대답했다. 부탁드려요, 빨리 와 주세요, 하고 내가 말하는 사이, 어느새 잠옷 바람으로 집에서 뛰어 나왔다.

둘이서 다시 불난 곳으로 내달려 양동이로 연못물을 퍼 담아 끼얹었는데, 복도 쪽에서 어머니가 아앗! 외치는 소리가 들렸다. 나는 양동이를 내던지고 마당에서 복도로 올라가,

"어머니, 괜찮아요. 걱정 마시고 쉬세요."

비틀거리는 어머니를 끌어안고 침상으로 데려가 눕힌 뒤, 다시 불난 데로 달려와 이번에는 욕실 물을 퍼 담아 나카이 씨에게 건넸다. 나카이 씨가 그걸 장작더미에 퍼부었지만 불길이 강해 도저히 그 정도로는 꺼질 것 같지 않았다.

"불이야, 불! 별장에 불이야!" 하는 소리가 아래쪽에서 들리더니, 순식간에 마을 사람 네댓 명이 울타리를 부수고 뛰어 들어왔다. 그리고 울타리 아래의 소화용수를 양동이에 담아 릴레이로 날라 이삼 분 만에 불길이 잡혔다. 하마터면 욕실 지붕으로 불이 번질 뻔했다.

다행이라고 생각한 순간, 나는 이 화재의 원인을 깨닫고 오싹했다. 정말이지 나는 그제야 비로소 이 화재 소동은 내가 저녁 무렵, 욕실 아궁이에서 때다 남은 장작을 아궁이에서 꺼냈다가 불이 꺼진 줄 알고 장작더미 옆에 놓아둔 데서 일어났음을 알아챘다. 뒤늦게 깨닫고 울음이 복받쳐 멍하니 서 있는데

앞집 니시야마(西山) 씨네 며느리가 울타리 밖에서, 욕실이 홀랑 탔어, 아궁이 불단속이 서툴잖아, 하고 큰 소리로 이야기하는 게 들렸다.

촌장인 후지타(藤田) 씨, 니노미야(二宮) 순경, 경비대장 오우치(大內) 씨 등이 찾아왔다. 후지타 씨는 변함없이 상냥한 미소로,

"많이 놀라셨죠? 어떻게 된 겁니까?" 하고 물었다.

"제 실수예요. 장작불이 꺼진 줄 알고……."

말하는 사이 자신이 너무나 비참해지고 눈물이 솟구쳐 그만 고개를 숙인 채 입을 다물었다. 범인으로 경찰서에 끌려가게 될지도 모른다고, 그때 생각했다. 맨발에다 잠옷 바람으로 흐트러진 내 모습이 돌연 창피해지고 밑바닥까지 굴러 떨어졌구나 싶었다.

"알겠습니다. 어머니는요?"

후지타 씨가 달래듯 조용히 말했다.

"방에 누워 계세요. 몹시 놀라셔서……."

"아무튼." 하고 젊은 니노미야 순경도,

"집으로 불이 붙지 않아 다행입니다." 하고 위로해 주었다.

그때, 아랫집 농가의 나카이 씨가 옷을 갈아입고 다시 나와,

"그냥 뭐, 장작이 조금 탔을 뿐입니다. 불이랄 것도 없어요." 하고 숨을 헐떡이며 나의 멍청한 실수를 감싸 주었다.

"그렇군요. 잘 알겠습니다."

촌장인 후지타 씨는 두 번 세 번 고개를 끄덕이고 니노미야 순경과 나직이 뭔가 의논하더니,

"그럼 이만 가 볼 테니, 부디 어머님께 안부 전해 주세요."라고 말하고는 경비대장 오우치 씨, 다른 분들과 함께 돌아갔다.

혼자 남은 니노미야 순경이 내 앞으로 바짝 다가와 거의 숨소리인 듯 낮은 목소리로,

"그럼 오늘 밤 일은 굳이 신고하지 않겠습니다."라고 했다.

니노미야 순경이 돌아간 뒤 아랫집 농가의 나카이 씨가,

"니노미야 씨가 뭐라던가요?"

진심으로 걱정이 밴 긴장된 목소리로 물었다.

"신고하지 않겠다고 하셨어요."

내가 대답하자 울타리 쪽에 여태 남아 있던 이웃 사람들이 내 대답을 들었는지, 그랬군, 다행이야, 잘 됐어, 하며 슬슬 자리를 떴다.

그럼 쉬세요, 하고 나카이 씨도 돌아갔다. 홀로 남아, 타다 만 장작더미 옆에 멍하니 서서 눈물을 글썽이며 하늘을 올려다보니, 어느새 하늘빛은 새벽녘에 가까웠다.

욕실에서 발을 씻고 세수를 하고, 어머니를 뵙기가 왠지 두려워 욕실에서 머리를 매만지며 꾸물거렸다. 그러고는 부엌으로 가서 날이 훤히 밝을 때까지 쓸데없이 그릇 정리를 했다.

날이 밝아 방 쪽으로 살며시 발소리를 죽여 가 보니, 어머니는 이미 말끔히 옷을 갈아입고 몹시 지친 기색으로 응접실 의자에 앉아 있었다. 나를 보고 빙그레 미소 지었지만, 그 얼굴은 깜짝 놀랄 만큼 창백했다.

나는 웃지 않고 말없이 어머니의 의자 뒤로 가 섰다.

잠시 후 어머니가,

"별일 아니야. 어차피 장작은 불태우기 위한 거니까."

나는 갑자기 즐거워져서 후후훗 웃었다. "경우에 합당한 말은 아로새긴 은쟁반에 금사과니라."[8]라는 성경의 잠언을 떠올리고, 이처럼 자상한 어머니를 둔 나의 행복을 신께 진심으로 감사했다. 어젯밤 일은 어젯밤 일. 더 이상 지난 일로 끙끙대지 말자고 다짐하며 나는 응접실 유리문 너머로 이즈의 아침 바다를 바라보았다. 그렇게 한참 동안 어머니 뒤에 서 있는 사이, 어머니의 고요한 숨결과 나의 호흡이 딱 맞추어졌다.

아침 식사를 가볍게 마치고 불에 탄 장작더미를 정리하려는데, 이 마을에 단 하나뿐인 여관의 주인인 오사키(お咲) 씨가,

"어찌된 거예요? 무슨 일이죠? 이제 막 얘길 들었는데, 어젯밤 대체 무슨 일이 있었어요?"

말하면서 마당 사립문으로 종종걸음을 치며 들어왔다. 오사키 씨의 눈에 눈물이 반짝였다.

"죄송해요."

나는 나직이 사과했다.

"죄송하고 뭐고, 그보다도 경찰은 뭐라던가요?"

"괜찮대요."

"정말 다행이야."

진심으로 기쁜 표정이었다.

나는 마을 사람들한테 어떤 식으로 감사와 사과의 마음을 표

---

8) 「잠언」, 『톰슨대역 한영성경』(기독지혜사, 1989). 이하 원문의 성경 구절 번역은 모두 이 책에 의한 것이다.

시하면 좋을지 오사키 씨와 의논했다. 오사키 씨는 역시 돈이 좋겠지요, 하며 돈을 준비해 찾아가야 할 집들을 일러 주었다.

"하지만 아가씨가 혼자 다니기 뭣하면 나도 같이 가 줄게요."

"혼자 가는 게 좋겠지요?"

"혼자 갈 수 있어요? 그야, 혼자 가는 게 좋죠."

"혼자 갈게요."

그러고 나서 오사키 씨는 불난 곳 정리를 조금 거들어 주었다.

정리가 끝난 뒤 나는 어머니한테 돈을 받아, 100엔짜리 지폐를 한 장씩 미농지로 싸고 각각의 봉투에 '사죄'라고 썼다.

우선 제일 먼저 마을 사무소로 갔다. 촌장인 후지타 씨가 부재중이라 접수 일을 보는 아가씨에게 봉투를 내밀고,

"어젯밤엔 정말 죄송했습니다. 앞으로 조심할 테니 부디 용서해 주세요. 촌장님께도 잘 전해 주세요." 하고 사과 인사를 했다.

다음으로 경비대장 오우치 씨 집에 갔는데, 오우치 씨가 현관에 나와서 나를 보고는 슬픈 듯, 말없이 미소를 짓기에 나는 어째선지 돌연 울컥해졌다.

"어젯밤은 죄송합니다."

간신히 이 말만 하고 황급히 나오는 길에 눈물이 솟구쳐 얼굴이 엉망이 되고 말았다. 일단 집으로 돌아와 세수를 하고 화장을 고친 다음 다시 외출하려고 현관에서 구두를 신는데 어머니가 나오셔서,

"또 나가는 거니?" 하신다.

"네, 이제 시작인걸요."

나는 고개를 숙인 채 대답했다.

"수고가 많구나."

은근히 말씀하셨다.

어머니의 애정에 힘을 얻어 이번엔 한 번도 울지 않고 방문을 모두 마쳤다.

구청장 댁에 가서는 구청장은 안 계시고 며느리가 나왔는데 나를 보자마자 오히려 먼저 눈물을 글썽였고, 또 순경 댁에서는 니노미야 순경이 다행이야, 정말 다행이야, 하고 말씀해 주셨다. 다들 하나같이 친절한 분들이고 다음으로 이웃집들을 찾아가도 역시나 모두가 동정하고 위로해 주었다. 다만 앞집 니시야마 씨네 새댁에게는 (새댁이라 해도 이미 마흔이 훌쩍 넘은 아주머니) 호되게 야단맞았다.

"앞으론 조심해요. 황족인지 뭔지는 알 바 없지만 난 전부터 당신네 소꿉놀이 장난 같은 생활을 조마조마 마음 졸이며 지켜봤어요. 어린애 둘이 사는 거나 마찬가지니, 여태껏 불을 안 낸 게 신기할 정도예요. 이제부턴 정말 조심해요. 어젯밤만 해도 그렇지, 바람만 세게 불었다면 이 마을이 깡그리 탔을 거라고요."

아랫집 농가의 나카이 씨 같은 이는 촌장과 니노미야 순경 앞으로 달려 나가, 불이랄 것도 없습니다, 하고 감싸 주셨건만 이 니시야마 씨네 새댁은 울타리 밖에서, 욕실이 홀랑 탔어, 아궁이 불단속이 서툴잖아, 하고 큰 소리로 말했던 사람이다. 하지만 나는 니시야마 씨네 새댁의 꾸지람에서 진실을 느꼈다. 정말 맞는 말이라고 생각했다. 조금도 니시야마 씨네 새댁을 원망하지 않는다. 어머니는 어차피 장작은 불태우기 위한 거니까, 하는 농담으로 나를 위로해 주었지만, 그러나 그때 바람이 강했다면 니시야마 씨네 새댁 말대로 이 마을 전체가 다 탔을지도 모른다. 그렇게 되었다면 내가 죽음으로 사죄한다 해도 부족하다. 내가 죽으면 어머니도 살아갈 수 없을 테고 또한 돌아가신 아버지의 이름을 욕되게 하는 일이 된다. 이제는 황족이건 화족이건 다 없어지고 말았지만, 그래도 기왕 스러질 바에는 한껏 화려하게 스러지고 싶다. 화재를 내고 그 사죄로 죽다니, 그런 비참한 죽음은 죽어도 죽는 게 아니리라. 아무튼 좀 더 힘을 내야 해.

나는 다음 날부터 밭일에 힘을 쏟았다. 아랫집 농가의 나카이 씨 딸이 가끔 거들어 주었다. 화재를 내는 따위의 추태를 부리고 나서는 내 몸의 피가 어쩐지 약간 검붉어진 느낌이다. 요전엔 내 가슴에 고약한 살무사가 들어앉았고 이번엔 혈색까지 조금 바뀌었으니, 마침내 야성적인 시골 처녀가 되어 가는 것 같다. 어머니와 툇마루에서 뜨개질을 하노라면 괜히 갑갑하고 답답해서 차라리 밭에 나가 땅을 일구는 게 마음 편할 정도였다.

이런 게 육체노동이라는 걸까. 이처럼 힘을 쓰는 일이 내게 처음은 아니다. 나는 전쟁 때 징용되어 달구질까지 했다. 지금 밭에서 신고 있는 작업화[9]도 그때 군에서 배급받은 것이다.

---

9) 일본어로는 지카다비(地下足袋). 왜버선 모양에 고무창을 댄 노동자용 작업화.

작업화라는 것을 그때서야 난생처음 신어 보았는데 놀랄 만큼 착용감이 좋았다. 그걸 신고 마당을 걸어 보니, 새나 짐승이 맨발로 땅바닥을 걷는 경쾌함을 나도 충분히 알게 된 것 같아 가슴이 찌릿하도록 기뻤다. 전쟁 중에 즐거웠던 기억은 오직 이것 하나뿐. 생각하면, 전쟁 따윈 시시했다.

　　작년엔 아무 일도 없었다.
　　재작년에도 아무 일 없었다.
　　그 전해에도 아무 일 없었다.

　이런 재미있는 시가 전쟁이 끝난 직후 어느 신문에 실렸는데 지금 떠올려도 참으로 온갖 일들이 있었던 것 같은 느낌이 들면서도 역시나 아무 일 없었던 것도 같다. 나는 전쟁에 관한 추억은 이야기하는 것도 듣는 것도 싫다. 많은 사람이 죽었음에도 진부하고 지루하다. 그런데 난 결국 제멋대로인 걸까. 내가 징용되어 작업화를 신고 달구질을 해야 했을 때만은 그리 진부하게 여기지 않는다. 어지간히 힘든 일도 겪었지만 그 달구질 덕분에 몸이 완전히 튼튼해졌고 지금도 나는 머잖아 생활이 어려워지면 달구질을 해서 살아가야겠다고 생각할 정도다.
　전쟁이 점점 절망적으로 치달을 무렵, 군복 비슷한 옷차림을 한 남자가 니시카타초의 집으로 찾아와 내게 징용 통지와 노동 날짜가 적힌 종이를 건넸다. 노동일을 보니, 다음 날부터 하루 걸러 하루씩 다치카와(立川)의 산속까지 일하러 나가야만 해서 나도 모르게 왈칵 눈물이 쏟아졌다.

"대리인이 가면 안 될까요?"

눈물이 멈추지 않아 흐느낌으로 바뀌었다.

"군에서 당신 앞으로 징용이 나온 거니까 반드시 본인이어야 합니다."

그 남자는 단호히 대답했다.

나는 가기로 마음먹었다.

그 다음 날은 비가 왔고 우리는 다치카와의 산기슭에 정렬하여 우선 장교의 설교를 들었다.

"전쟁에서 반드시 이긴다."라고 서두를 꺼내고,

"전쟁에서 반드시 이기지만 여러분이 군의 명령대로 일하지 않으면 작전에 지장을 초래하여 오키나와 같은 결과가 된다. 맡은 일은 반드시 완수해 주기 바란다. 또한 이 산에도 스파이가 들어와 있을지 모르니 서로 조심할 것. 여러분도 이제부터는 병사와 마찬가지로 진지 안에 들어와 일하는 것이니, 진지의 상황은 절대 발설하지 않도록 충분히 주의하기 바란다."라고 했다.

산에는 비가 자욱하고, 남녀 합해 500명 남짓한 대원이 비를 맞으며 서서 이야기를 들었다. 대원 가운데는 국민학교[10]에 다니는 남학생 여학생들도 섞여 있었고, 다들 추운 듯 울상을 짓고 있었다. 비는 내가 입은 레인코트를 뚫고 겉옷으로 스며들어 마침내 속옷까지 적셨다.

그날은 종일 삼태기를 짊어졌고 돌아오는 전차 안에서 눈

---

10) 1941년부터 1947년까지 행해진 일본의 소학교 명칭.

물이 나와 어쩔 바를 몰랐는데, 다음번 일은 달구질 밧줄 당기기였다. 나는 이 일이 가장 재미있었다.

두 번 세 번 산에 가는 사이, 국민학교 남학생들이 나를 유독 빤히 지켜보곤 했다. 어느 날 내가 삼태기를 지고 있는데 남학생 두세 명이 내 곁을 스쳐지나가더니 그중 하나가,

"저 사람이 스파이?" 하고 소곤거리는 걸 듣고 나는 화들짝 놀랐다.

"어째서 저런 말을 할까요?"

나는 나란히 삼태기를 지고 걷던 앳된 처녀에게 물었다.

"외국 사람 같으니까요."

앳된 처녀는 진지하게 대답했다.

"당신도 내가 스파이라고 생각해요?"

"아뇨."

이번엔 미소 지으며 대답했다.

"나, 일본 사람이에요."

이런 내 말이 스스로도 엉뚱한 난센스처럼 여겨져 혼자 키득키득 웃었다.

화창한 어느 날, 나는 아침부터 남자들과 같이 통나무를 나르고 있었는데, 감시 당번인 젊은 장교가 낯을 찌푸리며 나를 가리키고,

"이봐, 당신. 당신은 이쪽으로 와." 하고는 곧장 소나무 숲 쪽으로 걸어갔다. 나는 불안과 공포로 가슴 졸이며 그 뒤를 따라갔는데, 숲 깊숙이 제재소에서 막 도착한 판자가 쌓여 있는 곳 앞에서 장교는 걸음을 멈추고 내 쪽으로 휙 몸을 돌리더니,

"매일, 힘들죠? 오늘은 이 목재 지키는 일을 하세요." 하고 하얀 이를 드러내고 웃었다.

"여기, 서 있으면 되나요?"

"여기는 시원하고 조용하니까, 이 판자 위에서 낮잠을 자도 좋습니다. 만약 지루하면, 이건 읽으셨을지 모르겠지만……."

윗옷 주머니에서 작은 문고본을 꺼내 쑥스러운 듯 판자 위에 툭 던졌다.

"이거라도 읽고 계세요."

문고본에는 '트로이카'라고 적혀 있었다.

나는 그 문고본을 집어 들고,

"고맙습니다. 우리 집에도 책을 좋아하는 사람이 있는데, 지금 남방에 가 있어요."라고 말하자 잘못 알아들었는지,

"아아, 그래요? 바깥 분 말이군요. 남방이라면 고생하겠는 걸요."

고개를 저으며 차분히 말했다.

"아무튼 오늘은 여기서 지킴이를 맡아 주시고, 도시락은 나중에 내가 갖다 드릴 테니 푹 쉬세요."

말하기 바쁘게 서둘러 돌아갔다.

나는 목재 위에 걸터앉아 문고본을 읽었다. 절반가량 읽었을 즈음, 그 장교가 뚜벅뚜벅 구두 소리를 내며 다가와,

"도시락을 가져 왔습니다. 혼자 심심하시죠?"

도시락을 풀밭 위에 놓아두고 다시 황급히 되돌아갔다.

나는 도시락을 먹고 나서 이번에는 목재 위로 기어 올라가 누운 채 책을 읽고, 다 읽고 나서는 꾸벅꾸벅 졸기 시작했다.

눈을 떴을 때, 오후 세 시쯤이었다. 나는 문득 그 젊은 장교를 전에 어디선가 본 적이 있는 느낌이 들어 떠올리려 애썼지만 생각나지 않았다. 목재에서 내려와 머리를 매만지고 있는데 다시 뚜벅뚜벅 구두 소리가 들렸다.

"오늘은 정말 수고 많았습니다. 이제 돌아가도 됩니다."

나는 장교에게 달려가 문고본을 내밀고 고맙다는 인사를 하려 했지만 말이 나오지 않아, 잠자코 장교의 얼굴을 쳐다보았는데 두 사람의 시선이 마주쳤을 때 내 눈에서 눈물이 뚝뚝 떨어졌다. 그러자 그 장교의 눈에도 눈물이 어른거렸다.

그대로 말없이 헤어졌는데 그 젊은 장교는 그 후 한 번도 우리가 일하는 곳에 얼굴을 보이지 않아, 나는 그날 딱 하루만 쉴 수 있었다. 이후로는 여전히 하루씩 걸러 다치카와의 산에서 고된 작업을 했다. 어머니는 연신 내 몸을 염려했으나 나는 되레 튼튼해져 지금은 달구질 돈벌이에도 은근히 자신감이 생겼고 밭일도 너끈히 해내는 여자가 되었다.

전쟁 이야기는 하는 것도 듣는 것도 싫다고 말하면서도 그만 나의 '소중한 체험담'을 꺼내고 말았지만, 나의 전쟁 추억 가운데 조금이라도 이야기하고 싶은 것은 얼추 이 정도고 나머지는 그저 언젠가 그 시처럼,

작년엔 아무 일도 없었다.
재작년에도 아무 일 없었다.
그 전해에도 아무 일 없었다.

라고 말하고 싶을 정도로 마냥 우스꽝스럽고, 내게 남은 거라곤 허무하게도 이 작업화 한 켤레뿐이다.

작업화 이야기가 그만 엉뚱하게 빗나가고 말았는데, 나는 전쟁의 유일한 기념품이라고나 할 이 작업화를 신고 날마다 밭으로 나가 가슴속 남모르는 불안과 초조함을 달래고 있지만, 어머니는 요즘 날이 갈수록 부쩍 쇠약해지시는 듯하다.

뱀 알.

화재.

그 무렵부터 아무래도 어머니는 누가 봐도 환자 모습이었다. 반면에 나는 점점 거칠고 천박한 여자가 되어 가는 것 같다. 어쩐지 내가 어머니로부터 끊임없이 생기를 빨아들여 피둥피둥 살지는 느낌이다.

불이 났을 때도 어머니는 어차피 장작은 불태우기 위한 거니까, 하는 농담 말고는 화재에 대해 한마디도 안 하시고 오히려 나를 위로하셨다. 하지만 실제 어머니가 받은 충격은 나보다 열 배는 더 컸을 게 틀림없다. 그 화재가 난 뒤로 어머니는 한밤중에 이따금 신음 소리를 내는가 하면 바람이 세찬 밤에는 화장실에 가는 척하면서 밤새 몇 번이고 이부자리를 빠져나가 집 전체를 두루 살핀다. 게다가 늘 안색이 어둡고 걷는 것조차 힘에 부치는 날도 있다. 밭일을 거들고 싶다고 전에 말씀하시기에 내가 관두세요, 하고 말씀드렸건만 우물물을 큼직한 통으로 밭에다 대여섯 번 길어 나르고는 이튿날 숨을 제대로 쉴 수 없을 만큼 어깨가 결린다며 온종일 누워만 계셨다. 그런 일이 있고 나서 어지간히 밭일은 단념한 듯, 가끔 밭에 나오셔도 내가 일하는 모습을 그저 물끄러미 지켜보실 뿐이다.

"여름 꽃을 좋아하는 사람은 여름에 죽는다는데, 정말일까?"

오늘도 어머니는 내가 밭일하는 모습을 가만히 지켜보다가 불쑥 이런 말을 했다. 나는 말없이 가지나무에 물을 주었다. 아아, 그러고 보니 벌써 초여름이다.

"난 자귀나무 꽃을 좋아하는데 이곳 마당에는 한 그루도 없구나."

어머니는 다시 나직이 말씀하신다.

"협죽도가 많잖아요."

나는 일부러 퉁명스레 말했다.

"그건 싫어. 여름 꽃을 대체로 좋아하지만 그건 너무 촐랑대서."

"난 장미가 좋아요. 그런데 장미는 사계절 내내 피니까 장미를 좋아하는 사람은 봄에 죽고 여름에 죽고 가을에 죽고 겨울에 죽고 네 번이나 거듭 죽어야 해요?"

우리 둘은 웃었다.

"잠깐 쉴까?"

어머니는 한결 웃으시며,

"오늘은 가즈코와 좀 의논할 게 있어."

"뭔데요? 죽는 얘기라면 질색이에요."

나는 어머니 뒤를 따라가 등나무 덩굴 아래 벤치에 나란히 앉았다. 등꽃은 이미 다 졌고 따사로운 오후 햇살이 잎사귀를 비추며 우리 무릎 위에 내려앉아 무릎을 초록빛으로 물들였다.

"전부터 이야기하려고 마음먹었는데 서로 기분이 좋을 때

해야겠다 싶어 오늘까지 기회를 기다렸단다. 좋은 이야기는 아니야. 하지만 오늘은 어쩐지 나도 술술 이야기를 할 수 있을 것 같으니 너도 그냥 끝까지 참고 들어 주렴. 사실은 나오지가 살아 있어.”

나는 몸이 굳었다.

“대엿새 전에 와다 삼촌한테서 소식이 왔는데, 전에 삼촌 회사에 근무했던 분이 최근 남방에서 귀환해 삼촌에게 인사차 왔다가 이런저런 얘기 끝에 그분이 뜻밖에 나오지와 같은 부대였고 나오지는 무사히 이제 곧 귀환할 거라는 사실을 알게 됐다는구나. 그런데 한 가지 안 좋은 일이 있단다. 그분 말로는 나오지가 꽤 심한 아편 중독자가 된 모양이라고…….”

“또!”

쓰디 쓴 음식을 먹은 듯 내 입모양이 일그러졌다. 나오지는 고등학교 시절, 어느 소설가 흉내랍시고 마약에 중독되었는데 그 때문에 약국에 엄청난 액수의 빚을 졌고 어머니가 그 빚을 다 갚는 데에는 2년이나 걸렸다.

“그래. 또 시작한 모양이야. 하지만 그걸 고치지 않으면 귀환도 허락되지 않으니, 틀림없이 고쳐서 올 거라고 그분도 말했다는구나. 삼촌 편지에는 고쳐서 돌아온들 그런 마음가짐으로는 곧장 어디에 취직할 수도 없다, 지금 이 혼란스러운 도쿄에서 일한다는 건 정상적인 사람조차도 약간은 정신이 이상해질 정도다, 이제 막 중독을 고친 병자나 다름없는 사람이라면 금세 미치광이가 되어 무슨 일을 저지를지 알 수 없다, 그러니 나오지가 돌아오면 바로 이 이즈 산장에 데려와 아무

46

데도 내보내지 말고 당분간 여기서 요양시키는 게 낫다는 이야기가 하나. 그리고 말이야, 가즈코. 삼촌이 또 한 가지 일러 주신 게 있단다. 삼촌의 말로는 이제 우리 돈이 거의 바닥났다는구나. 저금 봉쇄[11]다, 재산세다 해서 이제 삼촌도 지금까지처럼 우리한테 돈을 보내기가 힘들어졌다는 거야. 그래서 나오지가 돌아와 엄마와 나오지, 가즈코 셋이 그저 놀고만 있으면 삼촌도 생활비를 마련하느라 상당한 어려움을 겪게 될 테니 조만간 가즈코의 혼처를 찾던가, 아니면 고용살이할 집을 찾던가, 선택을 하라는 그런 당부였어.”

“고용살이라면, 식모 말인가요?”

“아니, 삼촌이 말이야, 그 고마바(駒場)에 있는.” 하고 어느 황족의 성함을 대시고,

“그 황족이라면 우리와도 친척이고 그 따님의 가정 교사를 겸한 고용살이를 한다면, 가즈코가 그리 서운하고 불편해할 건 없다고 하시더구나.”

“다른 일자리가 없을까?”

“다른 직업은 가즈코한테 도저히 무리일 거라고 하셨어.”

“어째서 무리예요? 어째서 무리라는 거죠?”

어머니는 쓸쓸히 미소 지을 뿐 아무런 대답이 없었다.

“난 정말 싫어! 그런 얘기.”

괜한 말이 튀어나왔구나 싶었다. 하지만 멈출 수 없었다.

---

11) 1946년 2월 17일의 금융 긴급 조치령에 의해 저금이 봉쇄되어 일정 범위 내에서만 현금 지불을 인정했다.

"내가 이런 작업화를 신다니, 이런 작업화를!"

말하고는 눈물이 터져 나와 그만 엉엉 소리 내어 울었다. 얼굴을 들어 손등으로 눈물을 훔쳐 내며 어머니 앞에서 이러면 안 돼 안 돼, 하면서도 말이 무의식적으로, 육체와 전혀 상관없이 잇달아 나왔다.

"언젠가 말씀하셨잖아요. 가즈코가 있으니까, 가즈코가 곁에 있으니까 어머니도 이즈에 가는 거라고 하셨잖아요. 가즈코가 없으면 죽어 버리겠다고 말했잖아요. 그래서 가즈코는 아무데도 안 가고 어머니 곁에서 이런 작업화를 신고 어머니께 맛있는 야채를 드리고 싶다는 생각뿐인데, 나오지가 돌아온다는 소식에 대뜸 내가 거추장스러워져 황족의 식모로 가라니, 너무하잖아요, 너무해."

스스로도 심한 말을 내뱉고 있다고 생각하면서도 말이 마치 살아 꿈틀거리듯 도무지 멈추지 않았다.

"가난해져서 돈이 떨어지면 우리 옷을 팔면 되잖아요. 이 집도 팔아 버리면 되잖아요. 난 뭐든 할 수 있어요. 이 마을 사무소 직원이든 뭐든 될 수 있어요. 사무소에서 써 주지 않는다면 달구질 일꾼도 될 수 있다고요. 가난 따윈 아무것도 아냐. 어머니만 나를 아껴 주신다면 난 평생 어머니 곁에 있을 생각뿐인데, 어머니는 나보다도 나오지를 더 아끼세요. 나갈래요. 난 나가겠어요. 어차피 난 나오지와는 옛날부터 성격이 안 맞았으니까 셋이 함께 지내 봤자 서로 불행해요. 난 여태껏 어머니와 단둘이 오래 지내 왔으니, 더 이상 아쉬울 건 없어요. 이제부턴 나오지가 어머니와 둘이서 오붓하게 지내고 나오지가 넘치도록 효도하면 되겠죠. 난 이제 지겨워요. 지금까지의 생활이 진저리 나요. 나갈게요. 오늘 당장, 바로 나가겠어요. 나는 갈 데가 있어요."

나는 일어섰다.

"가즈코!"

어머니는 매섭게 말하고, 일찍이 내게 보인 적 없는 위엄에 찬 표정으로 냅다 자리에서 일어나 나를 똑바로 보았다. 나보다 약간 키가 큰 것 같았다.

나는 죄송해요, 하고 당장 말하고 싶었지만 그 말이 도무지 입 밖으로 나오지 않고 도리어 엉뚱한 말이 튀어나왔다.

"속였어요. 어머니는 날 속이신 거예요. 나오지가 올 때까지 나를 이용했어요. 나는 어머니의 식모. 쓸 데가 없어졌으니 이젠 황족 집으로 가라고……."

울음이 터져, 나는 선 채로 실컷 울었다.

"넌, 바보로구나."

나직이 말하는 어머니의 목소리는 노여움으로 떨렸다.

나는 얼굴을 들고,

"그래요, 바보예요. 바보라서 속은 거예요. 바보라서 거추장스러운 거죠. 없는 게 낫겠죠? 가난이 뭐예요? 돈이 뭐가요? 난 모르겠어요. 애정을, 오직 어머니의 애정만을 난 믿고 살아왔어요."

또다시 바보처럼 쓸데없는 말을 지껄였다.

어머니는 얼굴을 돌렸다. 울고 계신다. 나는 죄송해요, 하고 어머니 품에 안기고 싶었지만, 밭일로 손이 더러운 게 다소 신

경 쓰였다. 괜히 멋쩍어져서,

"나만 없어지면 되는 거죠? 나가겠어요. 난, 갈 데가 있어요."

말을 끝내기 무섭게 종종걸음으로 욕실로 달려가 흐느껴 울며 얼굴과 손발을 씻고 방에 가서 양장으로 갈아입는데, 다시 와락 큰 울음이 터져 나와 주저앉고 말았다. 마음껏 속 시원히 울고 싶어져 2층 방으로 뛰어 올라가 침대에 몸을 던지고 담요를 머리에 뒤집어쓴 채 기운이 쑥 빠지도록 실컷 우는 사이, 정신이 아득해지면서 차츰 어떤 이가 사무치게 그리워 얼굴이 보고 싶고 목소리를 듣고 싶어 견디기 힘들었다. 마치 양쪽 발바닥에 뜨거운 뜸을 뜨며 꾹 참고 있는 듯한 묘한 기분이었다.

저녁 무렵, 어머니는 조용히 2층 방으로 들어오시더니 소리 나게 전등을 켜고 침대 쪽으로 다가와,

"가즈코."

아주 상냥하게 불렀다.

"네."

나는 몸을 일으키고 침대에 앉아 두 손으로 머리카락을 쓸어 올리며 어머니의 얼굴을 보고 후훗 웃었다.

어머니도 희미하게 웃으며 창문 아래 소파에 깊숙이 몸을 파묻고,

"나는 난생처음으로 와다 삼촌의 부탁을 거절했어. ……엄마는 방금 삼촌에게 답장을 썼단다. 우리 아이들 일은 내게 맡겨 달라고 썼어. 가즈코, 옷가지를 팔자꾸나. 우리 둘의 옷을 아낌없이 내다 팔아 원 없이 펑펑 쓰며 사치스럽게 살자꾸나.

난 더 이상 너한테 밭일 따윈 시키고 싶지 않아. 비싼 야채를 사면 좀 어때? 그렇게 매일 밭일 하는 건 너한테 버거워."

사실 나도 매일 하는 밭일이 힘에 부치던 참이었다. 아까 그토록 미친 듯 울며 법석을 피운 것도 밭일의 피로와 슬픔이 범벅이 되어 모든 게 원망스럽고 지긋지긋해졌기 때문이다.

나는 침대 위에서 고개를 숙인 채 잠자코 있었다.

"가즈코."

"네."

"갈 데가 있다니, 어딜?"

나는 스스로 목덜미까지 빨개진 것을 느꼈다.

"호소다(細田) 씨?"

나는 아무 말도 하지 않았다.

어머니는 깊은 한숨을 쉬고,

"옛날 얘길 해도 되겠니?"

"하세요."

나는 낮게 말했다.

"네가 야마키(山木) 씨 집을 나와서 니시카타초에 있는 집으로 돌아왔을 때, 엄마는 널 특별히 나무라지는 않았다만 그럼에도 딱 한마디, '넌 엄마를 배신했어.'라고 말했지. 기억하니? 그러자 넌 울음을 터뜨렸고, ……나 역시 배신했다느니 험한 표현을 써서 미안했지만……."

그러나 나는 그때, 어머니가 그렇게 말해 준 게 어쩐지 고맙고 기뻐서 울었다.

"엄마가 그때 배신당했다고 말한 건 네가 야마키 씨 집을 나와서가 아니야. 야마키 씨한테서, '사실 가즈코는 호소다와 애인 사이였습니다.'라는 말을 듣고 나서야. 그런 말을 들었을 땐 정말이지 내 낯빛이 달라지는 느낌이더구나. 그렇잖아? 호소다 씨에겐 부인에다 아이까지 있으니 아무리 이쪽에서 사모한들 소용없는 일……."

"애인 사이라니, 말도 안 돼. 야마키 씨가 그저 멋대로 짐작했을 뿐이에요."

"그럴까? 설마 그 호소다 씨를 아직도 계속 생각하고 있는 건 아닐 테지? 갈 데라면, 어딜?"

"호소다 씨한텐 아니에요."

"그래? 그럼 어디?"

"어머니, 전 요즘 생각하는 게 있어요. 인간이 다른 동물과 전혀 다른 점이 뭘까. 언어도 지혜도 생각도 사회 질서도 각각 정도의 차이는 있지만 다른 동물도 모두 갖고 있잖아요? 신앙도 갖고 있을지 몰라요. 인간은 만물의 영장이라고 으스대지만, 다른 동물과 본질적인 차이가 하나도 없는 것 같지 않아요? 그런데 어머니, 딱 한 가지 있어요. 모르실 테죠? 다른 생물들에게는 절대로 없고 인간에게만 있는 것. 그건 바로 비밀이라는 거죠. 어때요?"

어머니는 발그레한 얼굴에 아름다운 미소를 지으며,

"아아, 가즈코의 그 비밀이 좋은 결실을 맺어 준다면 좋을 텐데. 엄마는 매일 아침, 아버지께 가즈코를 행복하게 해 달라고 기도한단다."

내 가슴에 불현듯 아버지와 나스노(那須野)를 드라이브하다 도중에 내려서 보았던 가을 들판의 경치가 떠올랐다. 싸리 꽃, 패랭이꽃, 용담, 여랑화 같은 가을꽃들이 피어 있었다. 개머루 열매는 아직 파랬다.

그리고 아버지와 비와(琵琶) 호수에서 모터보트를 탔고 내가 물속으로 뛰어들자 수초에 깃든 물고기들이 내 다리에 감기는데, 호수 바닥에 내 다리 그림자가 또렷이 비쳐 흔들리던 모습이 앞뒤 아무 연관도 없이 언뜻 가슴에 떠올랐다 사라졌다.

나는 침대에서 미끄러져 내려와 어머니의 무릎을 그러안고 그제야,

"어머니, 아까는 죄송해요."라고 말할 수 있었다.

생각하면 그 무렵이 우리 행복의 마지막 남은 불빛이 반짝이던 때였고, 그 후 나오지가 남방에서 돌아오면서 우리의 진짜 지옥이 시작되었다.

3

아무래도 이젠 도저히 살아갈 수 없을 것 같은 초조감. 이런 게 바로 불안이라는 감정일까? 가슴에 고통스러운 파도가 몰아쳐 마치 소나기가 그친 하늘에 허둥지둥 흰 구름이 잇달아 질주해 나가듯 내 심장을 옥죄었다 풀었다 하고, 맥박과 호흡이 흔들리면서 눈앞이 가물가물 어두워졌다. 온몸의 힘이 손가락 끝에서 쑤욱 빠져나가는 느낌에, 더 이상 뜨개질을 하고 있을 수 없었다.

요즘 울적한 비가 줄곧 내리니 무얼 해도 께느른하여, 오늘은 툇마루에 등의자를 내다 놓고 올봄에 뜨기 시작한 스웨터를 다시 계속 떠 볼 마음이 생겼다. 나는 옅은 모란꽃빛 털실에다 코발트블루 빛깔의 실을 보태어 스웨터를 뜰 생각이다. 그리고 이 옅은 모란꽃빛 털실은 지금부터 벌써 20여 년 전 내가 아직 초등과 학생이던 때, 어머니가 내 목도리를 떠 준 그

털실이었다. 목도리 끝에 모자가 달려 있어 그걸 쓰고 들여다 본 거울 속의 나는 작은 도깨비 같았다. 더구나 친구들의 목도리 색깔과 너무 달랐기 때문에 나는 끔찍스럽게 싫었다. 간사이 지역의 고액 납세자 집안의 친구가 "목도리가 멋진데." 하고 어른스러운 말투로 칭찬해 주었지만, 나는 더더욱 창피해져 그 후로는 한 번도 이 목도리를 두르지 않았고 오래도록 팽개쳐 두었다. 그러다가 올봄에 사장된 물건의 부활이라는 의미에서 실을 풀어 내 스웨터를 만들 생각으로 일단 시작해 보았다. 하지만 아무래도 이 흐릿한 빛깔이 마음에 들지 않아 다시 팽개쳐 두었다가 오늘 그저 심심풀이로 불쑥 꺼내 느릿느릿 떠 본 것이다. 그런데 뜨개질하는 동안 나는 이 옅은 모란 꽃빛 털실과 잿빛 하늘이 하나로 어우러져 뭐라 형언할 수 없을 만큼 부드럽고 은은한 색조를 자아내고 있음을 깨달았다. 나는 미처 몰랐다. 옷은 하늘빛과의 조화를 생각해야 한다는 중요한 사실을 몰랐던 거다. 조화란 얼마나 아름답고 멋스러운가! 새삼 놀랐고 멍해진 느낌이었다. 잿빛 하늘과 옅은 모란꽃빛 털실, 이 두 가지가 한데 어울리니 둘 다 동시에 생기를 띠는 게 신기하다. 손에 쥔 털실이 갑자기 포근해지고 차가운 잿빛 하늘도 우단처럼 부드럽게 느껴진다. 모네[12]가 그린 「안개 속 사원」이 떠오른다. 나는 이 털실 색깔로 인해 비로소 '구'[13]를 알게 된 것 같다. 고상한 취향. 어머니는 눈 내리는 겨

---

12) 클로드 모네(Claude Monet, 1840~1926). 프랑스의 인상주의 화가로 특히 「수련」 연작이 유명하다.
13) 구(goût). 프랑스어로 고상한 취미라는 뜻.

울 하늘에 이 옅은 모란꽃빛이 얼마나 아름다운 조화를 이루는지 분명히 알고 일부러 골라 주었건만 멍청한 나는 마뜩찮아 했다. 그럼에도 어린 내게 억지로 강요하지도 않고 내가 좋을 대로 하게 해 준 어머니. 내가 이 색깔의 아름다움을 제대로 알게 될 때까지 20여 년간 이 색깔에 대해 한마디 설명도 없이 묵묵히 시치미를 떼고 기다린 어머니. 좋은 어머니라고 가슴 저미게 느끼는 동시에 이렇듯 좋은 어머니를 나오지와 내가 둘이서 괴롭히고 힘들게 한 탓에 쇠약해져서 곧 돌아가시지는 않을까 싶어, 견딜 수 없는 공포와 근심이 구름처럼 불쑥 가슴에 피어올랐다. 이런저런 생각을 떠올리면 떠올릴수록 앞날에 너무나 무섭고 안 좋은 일들만 있으리라 예감되면서 이제 도저히 살아갈 수 없을 정도로 불안해지고 손끝의 힘도 빠져나갔다. 뜨개바늘을 무릎에 놓으며 크게 한숨을 쉬고는 고개를 들고 눈을 감은 채,

"어머니!"

얼결에 불렀다.

어머니는 방 한쪽 구석의 책상에 기대어 책을 읽다가,

"으응?"

의아한 듯 대답했다.

나는 어찌할 바를 몰라 일부러 큰 소리로,

"드디어 장미꽃이 피었어요. 어머닌 아셨어요? 난 방금 봤어요. 드디어 피었네요."

툇마루 바로 앞 장미. 그건 와다 삼촌이 오래전, 프랑스인지 영국인지 잊어버렸지만 어쨌든 먼 곳에서 가져온 장미인데

두세 달 전에 삼촌이 이 산장 마당에 옮겨 심었다. 오늘 아침 마침내 장미꽃 하나가 핀 것을 나는 번히 알고 있었지만, 멋쩍음을 얼버무리려고 방금 발견한 양 호들갑을 떨어 보인 것이다. 짙은 자줏빛 꽃은 의연한 오만과 강인함을 지녔다.

"알고 있었어."

어머니는 조용히 말했다.

"너한테는 그게 무척 중요한가 보구나."

"그럴지도 몰라요. 가여운가요?"

"아니, 너한테는 그런 구석이 있다고 말했을 뿐이야. 부엌 성냥갑에 르누아르 그림을 붙이거나 인형에게 줄 손수건을 만드는 걸 좋아하잖니. 더구나 마당의 장미꽃만 해도 네 말을 듣고 있으면 살아 있는 사람 이야기를 하는 것 같아."

"아이가 없으니까."

자신도 전혀 예상하지 못한 말이 튀어나왔다. 입 밖에 내고는 움찔 놀라며 머쓱해져서 무릎 위 뜨다 만 스웨터를 만지작거리는데,

— 스물아홉이니 말야.

그렇게 말하는 남자의 목소리가 전화 음성처럼 은근한 저음으로 똑똑히 들린 것 같아, 나는 뺨이 화끈 달아오를 정도로 부끄러웠다.

어머니는 아무 말도 하지 않고 다시 책을 읽으신다. 어머니는 얼마 전부터 가제 마스크를 하고 있는데, 그래서인지 요즘 눈에 띄게 말수가 줄었다. 그 마스크는 나오지의 말을 그대로 따른 것이다. 나오지는 열흘 전쯤, 남방의 섬에서 푸르뎅뎅한

낯빛으로 돌아왔다.

아무런 예고도 없이 여름날 해 질 녘, 뒷문으로 마당에 들어와서는,

"우와, 너무한데. 악취미로 지은 집인걸. '어서와 반점. 찐만두 있습니다.'라고 써 붙이지 그래?"

이것이 나와 처음 대면했을 때 나오지가 건넨 인사였다.

그 이삼일 전부터 어머니는 혀가 아파 누워 계셨다. 겉보기엔 아무렇지 않은데 움직이면 혀끝이 너무 아프다며 식사도 묽은 죽만 드셨다. 의사 선생님한테 가 보시겠어요? 해도 고개를 저으며,

"웃음거리가 될 테지." 하고 쓴웃음을 짓는다. 루골액[14]을 발라드렸지만 전혀 듣지 않아 나는 왠지 초조해졌다.

그러던 참에 나오지가 귀환했다.

나오지는 어머니의 머리맡에 앉아 "다녀왔습니다." 하고 절을 하고는 곧장 일어나서 좁은 집 안을 여기 저기 둘러보았다. 내가 그 뒤를 따라 걸으며,

"어때? 어머니는 좀 변했니?"

"변했고말고. 폭삭 찌들었어. 빨리 돌아가시는 게 좋아. 이런 세상에서 어머니는 도저히 살지 못해. 너무 비참해 못 보겠어."

"난?"

"천박해졌어. 사내가 두셋은 있어 보이는 낯짝인걸. 술 있어? 오늘 밤은 마실 거야."

---

14) 루골액(lugol液). 편도선약.

나는 이 마을에서 단 하나뿐인 여관에 가서 여주인인 오사키 씨에게 동생이 귀환했으니 술을 좀 얻고 싶다고 부탁했지만, 오사키 씨가 술이 마침 다 떨어졌다고 하기에 집으로 돌아와 나오지에게 그렇게 전했다. 나오지는 생판 모르는 타인 같은 표정으로 쳇, 거래가 서툴러서 그렇지, 하더니 나에게 여관 위치를 묻고는 게다를 꿰어 신고 밖으로 뛰쳐나갔다. 그리고 나서는 아무리 기다려도 집에 돌아오지 않았다. 내가 나오지가 좋아하는 사과 구이와 계란 요리를 만들고 식당의 전구도 환한 걸로 바꿔 놓고 한참을 기다리고 있는데, 오사키 씨가 부엌문으로 불쑥 얼굴을 내밀고,

"저어, 괜찮을까요? 소주를 마시고 있는데."

잉어 눈알처럼 똥그란 눈을 한층 부릅뜨고 큰일 났다는 듯 나직이 말했다.

"소주라면, 메틸15)?"

"아니, 메틸은 아니지만."

"마셔도 탈이 나진 않겠죠?"

"네, 그래도……."

"그냥 마시게 두세요."

오사키 씨는 침을 삼키듯 고개를 끄덕이고 돌아갔다.

나는 어머니에게로 가서,

"오사키 씨 집에서 마시고 있대요." 하고 말씀드렸더니, 어

---

15) 메틸 알코올. 전후에 술 대용으로 마시다가 독성으로 인해 사망하거나 실명하는 사람이 많았다.

머니는 약간 입술을 일그러뜨리고 웃으며,

"그래. 아편은 끊었을까? 넌 어서 식사하렴. 그리고 오늘 밤은 셋이 이 방에서 잘 거야. 나오지의 이불을 한가운데 펴고."

나는 울고 싶어졌다.

밤이 깊어 나오지는 거친 발소리를 내며 돌아왔다. 우리 셋은 모기장 하나에 들어가 누웠다.

"남방 얘기를 어머니께 해 드리지?"

내가 누운 채 말하자,

"아무것도, 아무것도 없어. 다 잊었는걸. 일본에 도착해 기차를 탔고 차창 밖으로 보이는 논이 멋지고 아름다웠다. 그뿐이야. 전깃불 좀 꺼. 잠을 잘 수가 없잖아."

나는 전등을 껐다. 여름 달빛이 홍수처럼 모기장 안에 흘러넘쳤다.

다음 날 아침, 나오지는 이부자리에 엎드린 채 담배를 피우며 먼 바다를 바라보다가,

"혀가 아프다고요?"

어머니가 편찮으신 걸 그제야 알게 되었다는 투로 말했다.

어머니는 그저 희미하게 웃으셨다.

"그건 틀림없이 심리적인 거예요. 밤에 입을 벌리고 주무시죠? 보기 흉해요. 마스크를 하세요. 가제에 리바놀액[16]을 묻혀 마스크 안에 넣어 둬요."

나는 이 말에 웃음을 터뜨렸다.

---

16) 리바놀액(Rivanol液). 노란색의 살균 소독약.

"그게 무슨 요법인데?"

"미학(美學) 요법이라는 거야."

"하지만 어머닌 틀림없이 마스크를 싫어하셔."

어머니는 마스크뿐만 아니라 안대건 안경이건 얼굴에 무얼 걸치는 것을 아주 싫어하셨다.

"어머니, 마스크 하실래요?"

내가 여쭈었더니,

"할 거야."

낮은 목소리로 진지하게 대답하시기에 나는 깜짝 놀랐다. 나오지 말이라면 뭐든지 믿고 따를 작정인가 보다.

내가 아침 식사 후에 아까 나오지가 말한 대로 가제에 리바놀액을 묻히고 마스크를 만들어 어머니에게 가져가자, 어머니는 말없이 받아들고 누운 채 마스크 끈을 양쪽 귀에 얌전히 걸었다. 그 모습이 참으로 어린 소녀 같아 나는 슬펐다.

정오 무렵, 나오지는 도쿄의 친구들이며 문학 하는 선생님들을 만나야 한다며 양복으로 갈아입고, 어머니에게 2000엔을 받아들고 도쿄로 가 버렸다. 그러고는 벌써 열흘 남짓 지나도록 돌아오지 않았다. 어머니는 매일 마스크를 하고 나오지를 기다리신다.

"리바놀이 좋은 약인가 봐. 이 마스크를 하고 있으면 혀의 통증이 가시거든."

웃으며 말씀하셔도 나는 아무래도 어머니가 거짓말을 하고 있다는 생각이 든다. 이젠 괜찮아, 하고 지금은 자리에 일어나 계시지만 여전히 식욕은 별로 없는 모양이고 말수도 부쩍 줄

어들어 몹시 신경이 쓰인다. 나오지는 대체 도쿄에서 무얼 하고 있는 걸까? 소설가 우에하라(上原) 씨와 같이 도쿄 시내를 휘젓고 돌아다니며 도쿄의 광기 어린 소용돌이에 휘말려 있을 게 뻔해, 하고 생각하면 할수록 괴롭고 힘들어져, 어머니에게 느닷없이 장미가 어떻다느니 이야기를 꺼냈다가 아이가 없으니까, 하고 나조차 예상하지 못한 엉뚱한 말이 튀어나와 급기야 걷잡을 수 없게 되어 버렸다.

"아."

일어섰지만 아무 데도 갈 곳이 없고 내 몸 하나마저 버거워 휘청휘청 계단을 올라가 2층 방으로 들어갔다.

이곳은 나오지를 위한 방이다. 사오일 전에 어머니와 의논해서 아랫집 농가의 나카이 씨 손을 빌려, 나오지의 옷장이며 책상, 책장 그리고 장서와 공책이 가득 든 나무 상자 대여섯 개, 아무튼 옛날 니시카타초의 집에서 나오지 방에 있던 물건 전부를 이곳으로 옮겨 와, 조만간 나오지가 도쿄에서 돌아오면 나오지가 원하는 위치에 옷장이며 책장을 배치하기로 했다. 그때까지는 좀 어지러운 대로 여기에 그냥 두는 게 좋겠다 싶었는데, 이젠 발 디딜 틈이 없을 만큼 방이 온통 너저분했다. 나는 무심코 발치의 나무 상자에서 나오지의 공책 한 권을 집어 들었다. 공책 표지에는,

　　박꽃 일기

라고 쓰여 있고 그 안에는 다음과 같은 내용이 빼곡하니 어

지럽게 적혀 있었다. 나오지가 마약 중독으로 괴로워하던 무렵의 수기 같았다.

불에 타 죽는 고통. 괴로워도 괴롭다 단 한마디조차 외칠 수 없는 고래(古來)의 미증유, 세상이 생긴 이래 전례도 없고 바닥을 알 수 없는 지옥의 느낌을 속이지 마시라.

사상? 거짓말. 주의(主義)? 거짓말. 이상(理想)? 거짓말. 질서? 거짓말. 성실? 진리? 순수? 모두 거짓말. 우시지마(牛島)의 등나무[17]는 수령 천 년, 유야(熊野)의 등나무는 수백 년이라 하고, 그 꽃술 또한 전자가 최장 아홉 자(尺), 후자가 다섯 자 남짓이라는데, 오직 그 꽃술에 가슴 설렌다.

그것도 사람의 아들. 살아 있다.

논리는 결국 논리에 대한 사랑이다. 살아 있는 인간에 대한 사랑이 아니다.

돈과 여자. 논리는 부끄러워 허겁지겁 사라진다.

역사, 철학, 교육, 종교, 법률, 정치, 경제, 사회, 이런 학문 따위보다 한 처녀의 미소가 숭고하다는 파우스트 박사의 용감한 실증.

학문이란 허영의 또 다른 이름. 인간이 인간답지 않으려는 노력이다.

괴테에게라도 맹세할 수 있다. 나는 얼마든지 멋지게 쓸 수

---

17) 사이타마현(埼玉縣) 우시지마에 있는 천연기념물.

있습니다. 한 편의 구성에도 실수 없이 적당한 웃음, 독자의 눈시울이 뜨거워지는 비애 혹은 엄숙함, 소위 옷깃을 여미게 하는 완벽한 소설, 낭랑하게 읽으면 영락없는 스크린의 설명, 이거야 창피해서 쓸 수가 있나. 애당초 그런 걸작 의식이 초라한 거야. 소설을 읽고 옷깃을 여미다니, 미친 짓거리지. 그렇다면 차라리 일본 정장으로 입어야겠군. 좋은 작품일수록 거들먹거리지 않는 법. 나는 친구가 진심 즐거이 웃는 모습을 보고 싶어 한 편의 소설을 일부러 엉망진창 써서 엉덩방아 찧고 머리 긁적이며 달아난다. 아아, 그때 친구의 기뻐하는 표정!

글 모자라고 사람이 덜 된 꼬락서니, 장난감 나팔 불어 말하노니, 여기 일본 제일의 바보가 있습니다. 당신은 아직 멀쩡하니, 건재하시길! 이렇게 바라는 애정은 대체 무엇인가.

친구는 의기양양한 얼굴로, 그게 그 녀석의 못된 버릇이지, 아깝게 됐어, 하고 술회. 사랑받는 줄 알지 못한다.

불량하지 않은 인간이 있을까?

시시해.

돈이 필요하다.

그렇지 않으면,

잠든 채 자연사(自然死)!

약국에 1000엔 정도 빚이 있다. 오늘 전당포 주인을 몰래 집으로 데려와 내 방을 보여 주며 뭔가 이 방에 값나가는 물건 있거든 가져가시오, 급전이 필요하다 했더니 주인은 제대로 방을 둘러보지도 않고 그만해요, 당신 물건도 아니잖아, 하고 지껄였다. 좋아, 그렇다면 지금까지 내 용돈으로 산 물건만 가져가라고 기세 좋게 말했지만, 그러모은 잡동사니, 전당포에 맡길 만한 물건 하나 없다.

우선 외짝 손 석고상. 비너스의 오른손. 달리아 꽃을 닮은 손, 새하얀 손이 덩그러니 받침대 위에 놓여 있다. 하지만 유심히 보면, 이건 비너스가 알몸을 남자에게 들켜 어머나 깜짝 놀라며 수치심에 휩싸여 온몸이 발그레 구석구석 물들고 화끈 달아올라 몸을 비틀 때의 바로 그 손놀림이다. 그런 비너스의 숨 멎을 것 같은 알몸의 수치가 손가락에 지문도 없고 손바닥에 한 줄 손금도 없는 순백의 이 가냘픈 오른손에 가슴 아프게 애처로이 새겨져 있음을 알 수 있다. 그러나 이건 결국 쓸모없는 잡동사니. 전당포 주인은 50전으로 값을 매겼다.

그밖에 파리 근교 대형 지도, 지름이 한 자나 되는 셀룰로이드 팽이, 실보다 가는 글씨가 써지는 특제 펜촉. 하나같이 우연찮게 구입한 진귀한 물건들인데 전당포 주인은 웃으며 그만 가보겠습니다, 한다. 기다려요, 만류하며 결국은 또 책을 산더미만큼 주인에게 짊어지워 일금 5엔을 받는다. 내 책장의 책은 대부분 싸구려 문고본이고 더구나 중고 서점에서 산 것들뿐이라, 당연히 전당품 값도 이처럼 싸다.

1000엔 빚을 갚으려 겨우 5엔. 현실 속 내 실력이란 얼추 이 정도. 웃을 일이 아니다.

데카당? 하지만 이렇게라도 하지 않으면 살아갈 수가 없는걸. 그런 말로 나를 비난하는 사람보다는 "죽어 버려!"라고 말해 주는 사람이 더 고맙다. 산뜻하다. 그렇지만 사람들은 좀처럼 "죽어 버려!"라고 말하지 않는다. 쩨쩨하고 용의주도한 위선자들이여!

정의? 소위 계급 투쟁의 본질은 그런 데에 있지 않다. 인도주의? 웃기지 마. 난 알아. 자신의 행복을 위해 상대를 쓰러뜨리는 거지. 죽이는 거야. "죽어 버려!"라는 선고가 아니라면 뭐냐. 얼버무리지 마.

그러나 우리 계급에도 제대로 된 녀석이 없어. 백치, 유령, 수전노, 미친개, 허풍쟁이, 으스대는 놈, 구름 위에서 오줌.

"죽어 버려!"라는 말조차 아깝다.

전쟁. 일본의 전쟁은 자포자기다.

자포자기에 휩쓸려 죽는 건 싫어. 차라리, 혼자 죽고 싶어.

인간은 거짓말할 때 으레 진지한 표정을 짓는 법이다. 요즘 지도자들, 그 진지함이란. 쳇!

남한테 존경받으려 애쓰지 않는 사람들과 놀고 싶다.

하지만 그런 좋은 사람들은 나와 놀아 주지 않는다.

내가 조숙한 척하면 사람들은 나를 조숙하다고 수군거렸다. 내가 게으름뱅이인 척하면 사람들은 나를 게으름뱅이라고 수군거렸다. 내가 소설을 못 쓰는 척하면 사람들은 나를 글 못 쓴다고 수군거렸다. 내가 거짓말쟁이인 척하면 사람들은 나를 거짓말쟁이라고 수군거렸다. 내가 부자인 척하면 사람들은 나를 부자라고 수군거렸다. 내가 냉담한 척하면 사람들은 나를 냉담한 녀석이라고 수군거렸다. 하지만 내가 정말로 괴로워 나도 모르게 신음 소리를 냈을 때, 사람들은 나를 괴로운 척한다고 수군거렸다.

자꾸만, 빗나간다.

결국 자살하는 수밖에 도리 없지 않은가.

이렇게 괴로워한들 그저 자살로 끝날 뿐이라는 생각에, 소리 내어 엉엉 울고 말았다.

봄날 아침, 두세 송이 꽃망울이 벌어진 매화 가지에 아침 햇살이 비치고 그 나뭇가지에 하이델베르크의 젊은 학생이 목을 매어 축 늘어진 채 숨져 있었다고 한다.

"어머니! 저를 꾸짖어 주세요!"

"어떻게?"

"'겁쟁이!'라고."

"그래? 겁쟁이……. 이제 됐지?"

어머니는 비할 데 없이 좋은 분이다. 어머니를 생각하면 울고 싶어진다. 어머니에게 사죄하기 위해서라도, 죽는 거다.

용서하세요. 딱 한 번만 용서해 주세요.

한 해 한 해

새끼 학

눈이 먼 채

쑥쑥 커 가네

아아, 포동포동 하구나

(설날에 지음)

몰핀 아트로몰 나르코폰 판토폰 파비날 판오핀 아트로핀[18]

프라이드란 무엇? 프라이드란?

인간은, 아니 남자는 '난 훌륭해.' '내겐 멋진 구석이 있지.'라
는 생각을 하지 않고 살아갈 수 없는 걸까?

사람을 싫어하고, 사람들도 나를 싫어한다.

지혜 겨루기.

엄숙＝멍청함

아무튼 살아 있으니 속임수를 쓰는 게 틀림없어.

어떤 금전 대출 요구 편지.

"답장을.

---

18) 마약 종류를 나열한 것.

답장을 주세요.

그리고 그것이 꼭 좋은 소식이기를.

나는 온갖 굴욕을 각오하고 혼자 신음하고 있습니다.

연극을 하는 게 아닙니다. 결코 아닙니다.

부탁드립니다.

나는 수치심에 죽을 것 같습니다.

과장이 아닙니다.

매일매일 답장을 기다리며, 낮이건 밤이건 부들부들 떨고 있습니다.

나를 자빠뜨리지 마요.

벽 틈새로 킥킥대는 웃음소리가 들려와, 밤새 이부자리에서 뒤척입니다.

치욕을 당하지 않게 해 줘요.

누나!"

여기까지 읽은 나는 '박꽃 일기'를 덮고 나무 상자에 다시 넣어 두었다. 그리고 창 쪽으로 다가가 창문을 활짝 열어젖히고 안개비로 자욱한 마당을 내려다보며 그 무렵의 일을 떠올렸다.

어느새 그 후 6년이 흘렀다. 나오지의 마약 중독이 내 이혼의 원인이 되었다. 아니, 이 말은 틀렸다. 내 이혼은 나오지의 마약 중독이 아니어도 다른 어떤 계기로 언젠간 벌어질 일처럼 그렇게, 내가 태어났을 때부터 미리 정해진 일인 듯 여겨진다. 나오지는 약국에 갚아야 할 돈이 궁하면 빈번히 내게 돈을 졸랐다. 나는 야마키와 결혼한 지 얼마 안 된 참이라 돈을 마음대로 쓸 형편이 못 되었고 또 시댁의 돈을 친정 동생에게 몰래 융통해 주는 건 몹시 켕기는 일이었다. 그래서 친정에서 일하다 나를 도와주러 따라온 오세키 할머니와 의논해서 내 팔찌며 목걸이, 드레스를 팔았다. 동생은 내게 돈을 달라는 편지를 보냈다. 지금은 괴롭고 부끄러워서 누나의 얼굴을 볼 수도 없고 전화 통화조차도 할 수 없으니, 돈은 오세키를 시켜서 교바시(京橋)의 ×가(街) ×번지 가야노 아파트에 사는, 누나도 이름 정도는 알고 있을 소설가 우에하라 지로 씨 댁에 맡겨 주세요, 우에하라 씨는 못된 사람으로 평판이 나돌고 있지만 결코 그런 사람이 아니니까 안심하고 우에하라 씨에게 돈을 맡겨 주세요, 그러면 우에하라 씨가 곧장 내게 전화로 알려 줄 테니까 꼭 그렇게 해 주세요, 나는 이번 중독을 엄마한테만은 들키고 싶지 않아요, 엄마가 알아채기 전에 어떻게든 이 중독을 고칠 작정이에요, 나는 이번에 누나의 돈을 받으면 그걸로 약국 빚을 모두 갚고 나서 시오바라(塩原)에 있는 별장에 가서 건강해진 몸으로 돌아올 작정이에요, 정말이에요, 약국의 빚을 전부 갚으면, 이제 난 그날부터 마약은 딱 끊을 작정이에요, 신께 맹세해요, 믿어 주세요, 엄마에겐 비밀로 하고 오세키를 시켜 가야노 아파트 우에하라 씨에게 부탁하세요. 이러한 내용이 그 편지에 쓰여 있었다. 나는 그 지시대로 오세키 씨를 시켜 돈을 몰래 우에하라 씨 아파트에 갖다 주게 했다. 하지만 동생이 편지에서 한 맹세는 언제나 거짓말이라 시오바라 별장에는 가지도 않았고 약물 중독은 갈수록 더 심해질 뿐이었다. 돈을 조르는 편지의 문장도 거의 비명처럼 고통스러웠고 이번에야말로 약을 끊겠노라고 차마 외면하고 싶을 만큼 애절한 맹세를 하기에, 이번 역시 거짓말일지도 모른다고 생각하면서도, 결국은 또 오세키 씨를 시켜 브로치 따위를 팔아 그 돈을 우에하라 씨 아파트에 갖다 주곤 했다.

"우에하라 씨는 어떤 분이에요?"

"작달막하고 안색도 칙칙하고 무뚝뚝한 사람이지요."

오세키 씨는 대답했다.

"그런데 좀처럼 아파트에 머물지 않는답니다. 대개 부인과 예닐곱 살짜리 딸아이, 이렇게 둘만 있을 뿐이에요. 부인은 그다지 미인은 아니지만 상냥하고 훌륭한 분인 것 같더군요. 그 부인에겐 안심하고 돈을 맡길 수 있겠어요."

그 무렵의 나는 지금의 나에 비해, 아니, 아예 비교조차 안 될 만큼 완전히 딴사람처럼 멍청하고 태평스런 사람이었지만 그래도 나오지가 끊임없이 계속, 더구나 차츰 거액의 돈을 졸라대는 통에 하도 걱정이 되어, 어느 날 노(能) 연극을 구경하고 돌아오는 길에 긴자에서 자동차를 돌려보내고 혼자 걸어서 교바시의 가야노 아파트를 찾아갔다.

우에하라 씨는 방에서 혼자 신문을 읽고 있었다. 줄무늬 겹옷에 감색 겉옷을 걸쳤는데 늙은이 같기도 하고 젊은이 같기도 하고 여태껏 본 적 없는 짐승 같기도 한, 묘한 첫인상이었다.

"마누라는 지금, 아이와 같이 배급을 받으러……."

다소 콧소리로 띄엄띄엄 말했다. 나를 부인의 친구쯤으로 오해한 것 같았다. 내가 나오지의 누나라고 하자, 우에하라 씨는 흥흥 웃었다. 나는 왠지 오싹했다.

"나갈까요?"

말이 끝나기 바쁘게 어느새 외투를 걸치고 신발장에서 새 게다를 꺼내 신고는 선뜻 아파트 복도를 앞장서서 걸었다.

밖은 초겨울 해거름. 바람이 차가웠다. 스미다가와(隅田川)에서 불어오는 강바람처럼 느껴졌다. 우에하라 씨는 강바람을 거스르듯 오른쪽 어깨를 약간 세우고 쓰키지(築地) 쪽으로 말없이 걸어갔다. 나는 종종걸음을 치며 그 뒤를 따랐다.

도쿄 극장 뒤 빌딩 지하로 들어갔다. 네댓 무리의 손님이 길쭉한 방에서 제각기 탁자에 둘러앉아 조용히 술을 마시고 있었다.

우에하라 씨는 컵으로 술을 마셨다. 그리고 내게도 따로 컵을 갖다 주며 술을 권했다. 나는 그 컵으로 두 잔 마셨는데, 아무렇지도 않았다.

우에하라 씨는 술을 마시고 담배를 피울 뿐, 한참동안 말이 없었다. 나도 잠자코 있었다. 나는 이런 데 와 본 것은 난생처음이었지만 아주 편안해지고 기분이 좋았다.

"술이라도 마시면 좋을 텐데."

"네?"

"아니, 동생 말입니다. 알코올로 전환하는 게 좋아요. 나도 예전에 마약 중독이었던 적이 있는데 사람들이 꺼림하게 여겨요. 알코올도 마찬가지지만 알코올에는 사람들이 의외로 너그럽지요. 동생을 술꾼으로 만들자고요. 어때요?"

"저는 술꾼을 한번 본 적이 있어요. 설날에 내가 외출하려는데 우리 집 운전기사의 지인이 자동차 조수석에서 도깨비처럼 새빨간 얼굴로 드르렁드르렁 코를 골며 자고 있었어요. 내가 깜짝 놀라 소리쳤더니, 운전기사가 이 녀석은 못 말리는 술꾼이라며 자동차에서 끌어내려 어깨에 메고 어딘가로 데려 갔어요. 뼈가 없는 듯 흐물흐물, 그래도 뭔가 중얼거렸는데 전 그때 처음 술꾼을 봤고, 재미있었어요.”

“나도 술꾼입니다.”

“어머, 그럴 리가요?”

“당신도 술꾼입니다.”

“그렇지 않아요. 전 술꾼을 본 적이 있는 걸요. 전혀 아니에요.”

우에하라 씨는 그제야 즐거운 듯 웃으며,

“그렇다면 동생도 술꾼이 될 수 없을지는 몰라도 아무튼 술을 마시는 사람이 되는 게 좋아요. 돌아갑시다. 늦으면 곤란하잖아요?”

“아뇨, 괜찮아요.”

“아니, 실은 내가 거북해서 안 되겠어. 아주머니! 계산!”

“엄청 비싼가요? 저도 조금은 갖고 있는데.”

“그래요? 그럼 계산은 당신이.”

“모자랄지도 몰라요.”

나는 가방 안을 들여다보고 돈이 얼마 있는지를 우에하라 씨에게 말했다.

“그만큼이면 두세 집 더 돌며 마실 수 있지. 장난하시나?”

우에하라 씨는 낯을 찌푸리며 말하고 웃었다.

“어디로 또 마시러 가실 거예요?” 하고 물으니 진지하게 고

개를 저으며,

"아니, 그만 됐어. 택시를 잡아 줄 테니 돌아가요."

우리는 지하의 어두운 계단을 올라갔다. 한발 앞서 올라가던 우에하라 씨가 계단 중간쯤에서 휙 몸을 돌려 단숨에 내게 키스했다. 나는 입술을 앙다문 채, 그것을 받았다.

특별히 우에하라 씨를 좋아한 것도 아닌데 그때부터 내겐 '비밀'이 생기고 말았다. 쿵쾅 소리를 내며 우에하라 씨가 계단을 뛰어 올라갔고, 나는 신기하게도 투명해진 느낌으로 천천히 올라가 밖으로 나왔다. 뺨을 스치는 강바람이 무척 기분 좋았다.

우에하라 씨가 택시를 잡아 주었고, 우리는 말없이 헤어졌다.

흔들리는 차 안에서 나는 갑자기 세상이 바다처럼 드넓게 펼쳐진 것 같았다.

"난 애인이 있어요."

어느 날 나는 남편의 잔소리를 듣고 쓸쓸해져, 불쑥 이렇게 말했다.

"알아. 호소다 아냐? 도저히 단념이 안 돼?"

나는 아무 말도 하지 않았다.

이 문제는 뭔가 껄끄러운 일이 생길 때마다 우리 부부 사이에 끼어들었다. 이젠 틀렸다고 나는 생각했다. 드레스 옷감을 잘못 재단했을 때처럼 더 이상 그 옷감은 꿰매어 붙일 수도 없어, 전부 내버리고 다시 새 옷감으로 마름질해야 한다.

"설마, 그 배 속 아이는……."

어느 날 밤 남편이 말했을 때, 나는 소스라치게 놀라 후들 후들 떨었다. 지금 생각하면 나도 남편도 어렸다. 나는 연애도 몰랐다. 사랑조차 알지 못했다. 나는 호소다 씨가 그리는 그림에 푹 빠져 그런 분의 부인이 된다면 일상생활이 얼마나 아름다울까, 저렇게 멋진 취미를 가진 분과 결혼할 수 없다면 결혼 따윈 무의미하다고 사람들에게 떠벌리고 다닌 탓에 오해를 샀다. 그럼에도 나는 연애도 사랑도 모른 채 태연히 호소다 씨를 좋아한다는 말을 공공연히 하고 취소하지도 않아 일이 이상하게 꼬였는데, 그 무렵 내 배 속에 잠들어 있던 아기까지 남편의 의혹의 과녁이 되고, 어느 누구도 대놓고 이혼을 입 밖에 낸 사람이 없었지만 어느새 주변이 서먹서먹해지고 말았다. 나는 시중들던 오세키 씨와 함께 친정어머니 집으로 돌아왔다. 그 후 나는 아이를 사산했고 몸져누웠다. 야마키와의 관계는 그렇게 끝났다.

　나오지는 내가 이혼한 데에 책임감 같은 걸 느꼈는지, 죽어 버릴 거라며 얼굴이 찌그러지도록 껄껄 소리 내어 울었다. 나는 동생에게 약국의 빚이 얼마나 되는지 물어보았는데 정말이지 어마어마한 액수였다. 그마저도 동생이 실제 금액을 말하기 어려워 거짓말했다는 걸 뒤늦게 알았다. 나중에 밝혀진 실제 총액은 그때 동생이 내게 알려 준 금액의 세 배에 가까웠다.

　"나, 우에하라 씨를 만났어. 좋은 분이더구나. 앞으로 우에하라 씨와 함께 술 마시고 노는 건 어때? 술은 상당히 싸던걸. 술값 정도라면 난 언제든지 줄 수 있어. 약국의 빚도 걱정 마. 어떻게 되겠지."

　내가 우에하라 씨를 만나고 또 우에하라 씨가 좋은 분이라고 말한 게 동생을 무지 기쁘게 한 모양이다. 동생은 그날 밤, 내게서 돈을 받아 들기 무섭게 우에하라 씨에게 놀러 갔다.

중독은 그야말로 정신의 병인지도 모른다. 내가 우에하라 씨를 칭찬하고 동생한테 우에하라 씨의 저서를 빌려 읽고 나서 훌륭한 분이구나, 하고 말하면 동생은 누나가 알 턱이 있나, 하면서도 무척 기쁜 듯, 그럼 이걸 한번 읽어 봐, 하고 또 다른 우에하라 씨의 저서를 내게 권했다. 그러다가 나도 우에하라 씨의 소설을 본격적으로 읽게 되었고, 둘이서 우에하라 씨에 대한 이런저런 이야기를 나누었다. 동생은 거의 매일 밤 우쭐대며 우에하라 씨에게 놀러 갔고 차츰 우에하라 씨의 계획대로 알코올로 전환되어 가는 것 같았다. 약국의 빚에 대해 내가 어머니에게 슬쩍 말씀드리자, 어머니는 한쪽 손으로 얼굴을 가린 채 잠시 꼼짝도 않다가 이윽고 얼굴을 들어 쓸쓸히 웃으며, 걱정한들 소용없겠지, 몇 년 걸릴지 알 수 없지만 매달 조금씩이라도 갚아 나가야지, 하셨다.

그로부터 벌써 6년이 지났다.

박꽃. 아아, 동생도 괴로운 거다. 더구나 길이 막혀 무얼 어떻게 해야 좋을지 아직 전혀 모르는 거다. 그저 매일 죽을 작정으로 술을 마시는 거다.

차라리 큰맘 먹고 본격적으로 불량해지는 건 어떨까. 그러면 동생도 오히려 마음 편하지 않을까.

'불량하지 않은 인간이 있을까?'라고 그 공책에 쓰여 있었는데, 그러고 보면 나도 불량, 삼촌도 불량, 어머니조차 불량하게 여겨진다. 불량하다는 건 상냥하다는 뜻이 아닐까.

4

편지를 쓸까 말까, 무척 망설였습니다. 하지만 오늘 아침, 비둘기처럼 순결하게 뱀처럼 지혜롭게[19]라는 예수님 말씀을 문득 떠올리고는 신기하게 기운이 나서 편지를 올리기로 했습니다. 나오지의 누나예요. 잊으셨나요? 잊으셨다면 기억을 되살려 보세요.

나오지가 일전에 선생님을 또 찾아가서는 꽤나 폐를 끼친 것 같아 송구합니다.(사실 나오지 일은 나오지가 알아서 할 일, 제가 나서서 사죄를 드리는 건 난센스 같기도 합니다.) 오늘은 나오지 일이 아니라, 제 일로 부탁드릴 게 있습니다. 교바시의 아파트가 불타 버려 지금의 주소로 옮기셨다는 이야기를 나오지한테 듣고 웬만하면 도쿄 교외에 있는 댁으로 찾아뵐까 생각했습니다

---

19) 「마태복음」, 10장 16절.

만, 얼마 전부터 다시 어머니의 건강이 좀 안 좋아서 아무래도 어머니를 혼자 남겨 둔 채 상경할 수 없기에 편지로 말씀드립니다.

당신에게 의논드리고 싶은 게 있습니다.

저의 이 의논은 지금까지의 『여대학(女大學)』[20] 입장에서 보면 너무나 교활하고 역겨워서 악질 범죄가 될 수도 있겠지만, 그래도 저는, 아니 우리는 지금 이대로는 도저히 살아가기 힘들 것 같아 동생 나오지가 세상에서 가장 존경하는 당신에게 저의 솔직한 심정을 들려 드리고 조언을 구하고자 합니다.

저는 지금의 생활을 견딜 수 없습니다. 좋고 싫음을 떠나 도저히 이대로는 우리 세 식구가 살아갈 수 없습니다.

어제도 괴로움에 몸이 뜨겁고 숨이 막혀 제 몸 가누기도 버거운데, 정오 무렵 아랫집 농가의 따님이 빗속에 쌀을 짊어지고 왔습니다. 그리고 저는 약속대로 옷을 내주었습니다. 따님은 식당에서 저와 마주 앉아 차를 마시며 참으로 절실하게,

"이봐요, 물건을 내다 팔아 앞으로 얼마나 생활할 수 있겠어요?"라고 말했습니다.

"6개월이나 1년쯤."

저는 대답했습니다. 그리고 오른손으로 얼굴을 절반쯤 가린 채,

"졸려요. 졸려 죽겠어요."라고 말했습니다.

"피곤해서 그래요. 신경 쇠약이라 졸리는 거죠."

---

20) 에도 시대에 널리 읽힌 여성을 위한 교훈서. 구식 여자 교육을 일컫는다.

"그럴 거예요."

눈물이 터질 것 같더니 문득 제 가슴에 리얼리즘이라는 단어, 그리고 로맨티시즘이라는 단어가 떠올랐습니다. 제게 리얼리즘은 없습니다. 이런 상태로 살아갈 수 있을까 생각하니, 온몸에 소름이 끼쳤습니다. 어머니는 거의 환자나 다름없이 누웠다 일어났다 할 뿐입니다. 동생은 아시다시피 마음의 병을 앓는 중환자여서 이곳에 머물 때는 근처의 여관을 겸한 요릿집으로 날마다 소주를 마시러 출근하고, 사흘에 한 번은 우리 옷을 내다 판 돈을 들고 도쿄 쪽으로 출장을 갑니다. 하지만 괴로운 건 이런 일 때문이 아닙니다. 저는 다만 제 생명이 이런 일상생활 속에서 마치 파초 잎사귀가 떨어지지 않고 썩어 가듯 그 자리에 우두커니 선 채 절로 썩어 가는 모습이 생생하게 예감되는 것이 두렵습니다. 도저히 견딜 수가 없습니다. 그래서 저는 『여대학』에 어긋나더라도 지금의 생활에서 벗어나고 싶습니다.

그래서 제가 당신에게 의논드리는 거예요.

저는 지금 어머니와 동생에게 분명히 선언하고 싶습니다. 내가 전부터 어떤 분을 사랑해 왔고, 앞으로도 그분의 애인으로 살아갈 작정이라는 것을 분명히 말해 두고 싶습니다. 그분을, 당신도 분명 아실 거예요. 그분의 성함 이니셜은 M·C입니다. 저는 전부터 뭔가 괴로운 일이 생기면 곧장 M·C에게 달려가고 싶어 미쳐 버릴 것만 같았습니다.

M·C에게는 당신과 마찬가지로 부인도 자식도 있습니다. 또 저보다 훨씬 예쁘고 젊은 여자 친구도 있는 것 같습니다. 하지

만 저는 M·C에게 가는 것 말고는 살아갈 길이 없어 보입니다. M·C의 부인을 저는 아직 만난 적이 없지만, 무척 상냥하고 좋은 분인 것 같습니다. 저는 그 부인을 생각하면 제 스스로가 무서운 여자라는 생각이 듭니다. 하지만 저의 지금 생활은 그 이상으로 무서운 느낌이 들어, M·C에게 의지하지 않을 수 없습니다. 비둘기처럼 순결하게 뱀처럼 지혜롭게, 저는 제 사랑을 이루고 싶습니다. 하지만 틀림없이 어머니도 동생도 또 세상 사람들 어느 누구도 제게 찬성해 주지는 않겠지요. 당신은 어떤가요? 결국 저 혼자 생각하고 혼자 행동하는 수밖에 없다고 생각하니, 눈물이 흐릅니다. 난생처음 겪는 일이니까요. 이처럼 힘든 일을 주위 사람들의 축복을 받으며 이룰 방법이 없을까, 하고 무지 까다로운 대수(代數)의 인수 분해 문제를 풀 듯 골똘히 생각하다, 어딘가에 술술 멋지게 풀려 나올 실마리가 있을 것 같은 느낌이 들어 갑자기 쾌활해지기도 합니다.

하지만 정작 M·C 쪽에서 저를 어떻게 생각하고 계실지. 그걸 생각하면 맥이 빠집니다. 말하자면 저는…… 뭐랄까, 억지 마누라라고 할 수도 없고 억지 애인쯤이랄까, 그렇다 보니 M·C 쪽에서 아무래도 싫다고 한다면 그뿐. 그래서 당신에게 부탁드립니다. 부디 그분께 당신이 물어봐 주세요. 6년 전 어느 날 제 가슴에 아스라이 무지개가 걸렸고 그건 연애도 사랑도 아니었지만, 세월이 지날수록 그 무지개 빛깔은 점점 또렷해져 저는 지금껏 한 번도 그걸 놓친 적이 없습니다. 소나기가 지나간 맑은 하늘에 걸리는 무지개는 이윽고 덧없이 사라져 버리지만, 사람의 가슴에 걸린 무지개는 사라지지 않는 모양입니다. 아무쪼록 그분께 물어봐 주세요. 그분은 정말로 저를 어떻게 생각하셨을까요? 그야말로 비 개인 하늘의 무지개처럼 생각하신 걸까요? 그리고 까마득히 사라져 버렸노라고?

그렇다면 저도 저의 무지개를 지워 버려야만 합니다. 하지만 저의 생명을 먼저 지우지 않으면, 제 가슴의 무지개는 사라질 것 같지 않습니다.

답장을 기다립니다.

우에하라 지로 귀하. (나의 체호프.[21] 마이 체호프. M·C)

저는 요즘 조금씩 살이 찝니다. 동물적인 여자로 되어 간다기보다 사람다워졌다고 생각합니다. 이번 여름에는 로렌스[22]의 소설을 딱 하나 읽었습니다.

답장이 없어 한 번 더 편지를 올립니다. 일전에 올린 편지는 뱀처럼 아주 교활한 간책으로 가득 찼는데, 속속들이 간파하셨겠지요. 정말이지 저는 그 편지의 한 줄 한 줄마다 한껏 간계를 부렸습니다. 결국 제가 당신에게 저의 생활을 좀 도와 달라는, 돈이 필요하다는 의도가 드러났을 뿐인 편지로 여겼을 테지요. 저 역시 그걸 부정하지 않겠지만, 그렇다고 단지 나 자신의 패

---

21) 안톤 체호프(A. P. Chekhov, 1860~1904). 러시아 작가. 귀족의 몰락을 그린 『벚꽃 동산』, 『갈매기』 등이 유명하다.
22) 데이비드 허버트 로렌스(D. H. Lawrence, 1885~1930). 영국의 소설가, 시인, 수필가. 대표작으로 『채털리 부인의 사랑』이 있다.

트런[23)]이 필요해서라면, 실례지만 굳이 당신을 선택해 부탁드리지는 않았겠지요. 저를 귀여워해 줄 돈 많은 노인은 많다고 여깁니다. 실제로 얼마 전에도 묘한 혼담이 들어오긴 했었지요. 그분의 성함은 당신도 아실지 모르겠는데, 예순이 넘은 독신 할아버지로 예술원 회원인지 아무튼 그런 훌륭한 어르신께서 저를 만나러 이 산장에 찾아왔습니다. 이 어르신은 니시카타초의 우리 집 근처에 살고 계셨던 터라, 이웃 간에 이따금 만나기도 했습니다. 언젠가 가을날 해 질 녘쯤이었다고 기억합니다. 어머니와 제가 둘이서 자동차로 그 어르신 댁 앞을 지나칠 때 그분이 혼자 멍하니 대문 옆에 서 계시다가, 어머니가 차창으로 약간 고개 숙여 어르신에게 인사하자, 그 어르신의 신경질적인 푸르스름한 낯빛이 금세 단풍잎보다도 빨개졌습니다.

"사랑일까?"

저는 들떠서 말했습니다.

"어머니를 좋아하시나 봐요."

하지만 어머니는 차분히,

"아니야. 훌륭한 분이지." 하고 혼잣말처럼 말했습니다. 예술가를 존경하는 건 저희 집안의 가풍인 모양입니다.

그 어르신이 몇 해 전 부인을 여의시고 와다 삼촌과 요곡[24)]을 함께 즐기는 어떤 황족 한 분을 통해 어머니에게 의사 표시를 하셨는데, 어머니는 가즈코가 직접 솔직하게 어르신께 회답

---

23) 패트런(patron). 경제적인 후원자, 보호자.
24) 요곡(謠曲). 노가쿠의 가사에 가락을 붙여 노래하는 우타이를 말함.

을 드리는 게 어떠냐고 하셨습니다. 저는 깊이 생각할 것도 없이 싫어서, 저는 '지금 결혼할 의사가 없습니다.'라는 내용을 덤덤하게 술술 적을 수 있었습니다.

"거절해도 되는 거죠?"

"그럼……. 나도 어려운 얘기라고 생각했지."

그 무렵 어르신이 가루이자와(軽井沢)의 별장에 와 계시기에 그 별장으로 거절의 답신을 올렸더니 그러고 나서 이틀째 되는 날 그 편지와 어긋나게, 어르신은 몸소 이즈의 온천에 용무차 왔다가 잠시 들렀다고 하시며 저의 회답에 대해선 아무것도 모른 채 느닷없이 이 산장에 찾아오셨습니다. 예술가란 아무리 나이가 들어도 어린애처럼 거리낌 없이 행동하나 봅니다.

어머니는 몸이 편찮으셔서 제가 대신 손님을 맞아 응접실에서 차를 대접하고,

"저어, 거절한다는 편지가 지금쯤 가루이자와에 도착했을 거예요. 신중히 생각했습니다만." 하고 말씀드렸습니다.

"그렇습니까?"

조바심치며 대답한 후 땀을 닦으시고,

"하지만 한 번 더 신중하게 생각해 주시지요. 나는 당신에게, 뭐랄까, 말하자면 정신적인 행복을 줄 수 없을지 모르지만, 그 대신 물질적으로는 얼마든지 행복하게 해 줄 수 있어요. 이것만은 분명히 말할 수 있습니다. 툭 터놓고 하는 얘기지만."

"말씀하신 그 행복이라는 것을 저는 잘 모르겠어요. 주제넘은 말씀을 드려 죄송해요. 체호프는 아내에게 보내는 편지에, '아이를 낳아 주시오, 우리의 아이를 낳아 주시오.'라고 썼지요.

니체[25]의 에세이에도 '아이를 낳게 하고 싶은 여자'라는 표현이 있었어요. 저는 아이를 갖고 싶어요. 행복 같은 건 아무래도 상관없어요. 돈도 필요하지만 아이를 키울 수 있을 만큼의 돈만 있으면 그걸로 충분해요."

어르신은 묘한 웃음을 지으시고,

"당신은 참 특이하군요. 누구한테나 본인의 생각을 솔직히 말하는 사람. 당신과 함께 있으면 내가 하는 일에 새로운 영감이 솟아날지도 모르겠소."

연세에 걸맞지 않게 다소 껄끄러운 말씀을 했습니다. 이처럼 훌륭한 예술가의 작업에 만약 정말 제 힘으로 젊은 기운을 불어넣을 수 있다면 그것도 분명 보람 있는 일이라고 생각했습니다. 하지만 저는 그 어르신의 품에 안기는 제 모습을 도저히 상상할 수가 없었습니다.

"제게 사랑의 감정이 없어도 괜찮은지요?"

웃음을 띠고 제가 여쭈었더니 어르신은 진지하게,

"여자는 그래도 괜찮습니다. 여자는 좀 멍해도 괜찮습니다."
라고 했습니다.

"하지만 저 같은 여자는 역시 사랑의 감정 없이는 결혼을 생각할 수 없습니다. 어엿한 어른인걸요. 내년이면 벌써 서른."

말하고는 저도 모르게 입을 틀어막고 싶은 심정이었습니다.

서른. '여자는 스물아홉까지는 처녀 내음이 남아 있다. 그러

---

25) 프리드리히 니체(Friedrich Nietzsche, 1844~1900). 독일의 철학자, 실존 철학의 선구자.

나 서른 살 여자의 몸에는 이미 어디에고 처녀 내음이 남아 있지 않다.'라는 예전에 읽은 프랑스 소설 속의 문장이 퍼뜩 떠올라 참을 수 없는 쓸쓸함에 휩싸여 밖을 내다보니, 한낮의 햇살을 받은 바다가 유리 파편처럼 따갑게 반짝이고 있었습니다. 그 소설을 읽었을 때는 그야 그럴 테지, 하고 가볍게 수긍하며 넘어갔습니다. 서른이 되면 여자의 생활은 끝장나는 거라고 태연히 생각했던 그 시절이 그립습니다. 팔찌, 목걸이, 드레스, 기모노 허리띠 같은 게 하나씩 하나씩 제 몸 언저리에서 모습을 감추면서 제 몸의 처녀 내음도 서서히 옅어져 갔을 테지요. 가난한 중년 여자. 아아, 싫어. 하지만 중년 여자의 생활에도 역시 여자의 생활이 있는 거죠. 요즘에야 그걸 알게 되었습니다. 영국인 여교사가 영국으로 돌아갈 때, 열아홉이던 제게 이런 말을 했던 걸 기억합니다.

"당신은 사랑을 하면 안 됩니다. 당신은 사랑을 하면 불행해집니다. 사랑을 하려거든 더 어른이 된 뒤에 하세요. 서른이 되거든 하세요."

하지만 그 말을 들은 저는 그저 어리둥절할 뿐이었습니다. 서른 이후의 일 따위, 그 무렵의 저는 상상조차 할 수 없었습니다.

"이 별장을 팔려고 내놓았다는 소문을 들었습니다만."

어르신은 짓궂은 표정으로 대뜸 이렇게 말했습니다.

저는 웃었습니다.

"죄송해요. 「벚꽃 동산」[26]을 떠올렸어요. 당신이 사 주시는

---

26) 체호프의 희곡. 1903년작. 구시대의 귀족과 신흥 부자, 혁명을 열어 갈

거죠?"

어르신은 과연 민감하게 알아채셨는지, 화가 난 듯 입술을 일그러뜨린 채 아무 말이 없었습니다.

어느 황족이 거처로 쓰기 위해 50만 엔에 이 집을 어찌어찌한다는 말이 나온 것도 사실이지만 곧 흐지부지되었는데, 그 소문을 어르신이 어디선가 얻어들은 모양입니다. 그래도 자신을 「벚꽃 동산」의 로파힌[27]인 양 간주하면 곤란하다며 몹시 언짢아하시고 그러고는 잠시 세상살이 이야기를 나누고 돌아갔습니다.

제가 지금 당신에게 요구하는 것은 로파힌이 아닙니다. 분명히 말할 수 있습니다. 다만 중년 여자의 억지를 받아 주세요.

제가 처음 당신을 만난 지 어느덧 6년이 훌쩍 지났습니다. 그때 저는 당신이라는 사람에 대해 전혀 아는 게 없었습니다. 그저 남동생의 선생님, 더구나 다소 탐탁찮은 선생님 정도로만 생각했습니다. 그리고 함께 컵술을 마셨고, 당신은 가벼운 장난질을 하셨잖아요. 그래도 저는 태연했습니다. 그저 묘하게 홀가분해진 기분이었습니다. 당신을 좋아한 것도 싫어한 것도 아니었습니다. 그러다가 동생의 비위를 맞추기 위해 당신의 저서를 동생한테서 빌려 읽고, 재미있는 듯 재미없기도 해서 그다지 열렬

인텔리겐치아가 몰락 귀족의 마지막 자존심 '벚꽃 동산'을 놓고 벌이는 이야기.

27) 「벚꽃 동산」의 등장인물. 몰락한 라네프스카야 집안의 영지인 '벚꽃 동산'을 사들여 별장 분양지로 만들려는 농노 출신의 신흥 부자. 선량한 마음을 가지고 있지만 동시에 아름다움을 돈으로 사려는 천박함도 지녔다.

한 독자는 아니었지만 6년 새, 언제부턴가 당신이 안개처럼 제 가슴에 스며들었습니다. 그날 밤 지하 계단에서 우리가 한 일도 불현듯 생생하게 또렷이 떠올라, 어쩐지 그건 제 운명을 결정할 만큼 중대한 일이었던 것 같은 느낌이 듭니다. 당신이 그리워져 어쩌면 사랑일지도 모른다고 생각하니 너무나 허전하고 외로워 혼자 훌쩍훌쩍 울었습니다. 당신은 다른 남자들과는 전혀 다릅니다. 저는 「갈매기」[28]의 니나처럼 작가를 사랑하는 게 아닙니다. 저는 소설가를 동경하지는 않습니다. 문학소녀쯤으로 생각하신다면 저도 당황스럽습니다. 저는 당신의 아기를 갖고 싶습니다.

휠씬 오래전 당신이 아직 혼자였을 때, 그리고 저도 아직 야마키에게 가기 전에 서로 만나 결혼했더라면 저도 지금처럼 괴로워하지 않아도 되었을 텐데, 저는 이제 당신과의 결혼은 불가능하다고 단념했습니다. 당신의 부인을 밀쳐 내는 것, 그건 비열한 폭력 같아서 전 싫습니다. 저는 첩(이 단어를 입 밖에 내기가 죽도록 싫지만 그렇다고 애인이라 말한들 속된 표현으로 첩이 틀림없으니 확실히 말할게요.)이라도 상관없습니다. 하지만 세상에서 흔히 말하는 첩 생활도 만만치 않은가 봐요. 사람들 말로는, 첩이란 대개 쓸모가 없어지면 버림받기 마련이라더군요. 예순이 가까워지면 어떤 남자건 다들 본처에게 다시 돌아간다는군요. 그러니 애당초 첩이란 될 게 못 된다고, 니시카타초의 할아범과

---

28) 1896년에 발표된 체호프의 희곡. 작가를 꿈꾸는 청년 트레플레프와 그가 사랑한 배우 지망생 니나, 니나가 동경한 작가이자 트레플레프 모친의 연인인 트리고린의 엇갈린 사랑과 몰락을 그리고 있다.

유모가 주고받는 이야기를 들은 적이 있습니다. 하지만 그건 세상의 평범한 첩 이야기일 뿐, 우리의 경우는 다른 것 같습니다. 당신에게 가장 소중한 것은 역시 당신의 일이라고 생각합니다. 그리고 당신이 저를 좋아하신다면 우리 둘이 가까워지는 게 작업에도 도움이 되겠지요. 그러면 당신 부인도 우리를 이해해 주실 거예요. 이상한 억지 변명 같지만 그래도 제 생각은 하나도 틀리지 않았다고 생각해요.

문제는 당신의 응답뿐입니다. 저를 좋아하는지 싫어하는지 아니면 이도 저도 아닌지 그 응답을, 굉장히 두렵지만 그래도 들어야만 합니다. 지난번 편지에도 제가 억지 애인이라고 썼고 또 이번 편지에도 중년 여자의 억지라고 썼습니다만, 지금 곰곰이 생각해 보니 당신의 응답이 없고서는 제가 더 이상 억지를 부릴 수도 어쩌지도 못한 채 혼자 멍하니 야위어 갈 뿐이에요. 역시 당신이 무슨 말이라도 꼭 해 주셔야 해요.

방금 막 떠오른 생각인데, 당신은 소설에서는 꽤 사랑의 모험 같은 걸 쓰셨고 세상으로부터도 못된 망나니라는 소리를 듣지만 실제로는 상식을 갖춘 분일 테지요. 저는 상식이라는 것을 알지 못합니다. 좋아하는 일을 할 수만 있다면, 그것이 좋은 생활이라고 생각합니다. 저는 당신의 아기를 낳고 싶습니다. 다른 사람의 아기는 무슨 일이 있어도 낳고 싶지 않습니다. 그래서 제가 당신에게 의논드리는 거예요. 이해하셨다면, 답장을 주세요. 당신의 심정을 분명히 알려 주세요.

비가 그치고 바람이 불기 시작했습니다. 지금은 오후 3시예요. 이제 술(여섯 홉) 배급을 받으러 갑니다. 럼주 술병 두 개를 자루에 넣고 윗옷 주머니에는 이 편지를 넣고 10분쯤 뒤에 곧 아랫마을로 내려갑니다. 이 술은 동생이 마시는 게 아닙니다. 가즈코가 마십니다. 밤마다 컵으로 한 잔씩 마실 거예요. 술은 원래 컵으로 마시는 법이죠.

제게 오시지 않을래요?

M·C 귀하

오늘도 비가 내렸습니다. 보일 듯 말 듯 내립니다. 매일매일 외출도 않고 답장을 기다렸지만 결국 오늘까지 소식이 없었습니다. 도대체 당신은 무슨 생각을 하시는 건가요? 지난번 편지에 그 어르신 이야기를 썼던 게 잘못인가요? 그런 혼담 따위를 써서 경쟁심을 부추길 작정이로군, 이렇게 생각하셨나요? 하지만 그 혼담은 이미 끝난 일이에요. 아까도 어머니와 그 이야기를 하다 웃었습니다. 어머니는 얼마 전 혀끝이 아프다며 나오지의 권유로 미학 요법을 했는데, 그 요법 덕분에 혀의 통증도 사라져 요즘은 꽤 건강하신 편입니다.

아까 제가 툇마루에 서서 소용돌이치듯 흩날리는 안개비를 바라보며 당신의 심정이 어떨지 생각하는데,

"우유를 데웠으니 오렴."

어머니가 식당 쪽에서 불렀습니다.

"추우니까 아주 뜨겁게 했어."

우리는 식당에서 김이 피어오르는 뜨거운 우유를 마시며, 일전에 만난 어르신에 대해 이야기를 나누었습니다.

"그분하고 저랑은, 전혀 어울리지 않죠?"

어머니는 태연히,

"안 어울려."라고 하셨습니다.

"저는 이렇게 제멋대로이고 예술가를 싫어하지 않을 뿐더러 그분은 수입도 상당한 모양이니 그런 분과 결혼해도 괜찮겠다 싶어요. 하지만 안 돼요."

어머니는 웃으며,

"가즈코는 못됐어. 그렇게 안 된다고 하면서 요전엔 그분과 무슨 얘길 꽤나 즐겁게 나누던걸? 네 마음을 알 수 없구나."

"어머, 그야 재미있었으니까요. 좀 더 이런저런 얘길 나누고 싶었죠. 저는 얌전하지 못해요."

"아니야, 끈적끈적해. 가즈코는 끈적거려."

어머니는 오늘 엄청 유쾌하세요.

그러고는 어제 처음 해 본 제 올림머리를 보시고,

"올림머리는 머리숱이 적은 사람이 하는 게 좋단다. 가즈코의 올림머리는 너무 거창해서 작은 금관이라도 씌워야겠는걸. 실패!"

"가즈코는 실망! 하지만 어머니는 언제였나, 가즈코는 목덜미가 희고 예쁘니까 목덜미를 감추지 말라고 하셨잖아요?"

"그런 건 잘도 기억하는구나."

"칭찬은 아무리 사소한 거라도 평생 잊어버리지 않죠. 기억해 두면 즐겁잖아요."

"요전에 그분한테서도 무슨 칭찬을 들었겠지?"

"그럼요. 그래서 끈적끈적해진 거죠. 저랑 함께 있으면 영감이 솟아난다느니, 아아, 어떡해요. 전 예술가가 싫은 건 아닌데, 그렇게 인격자인 척 거드름을 피우는 사람은 정말 못 참겠어요."

"나오지의 선생님은 어떤 사람이지?"

저는 뜨끔했습니다.

"잘은 몰라도 하여간 나오지의 선생님인걸요. 딱지 붙은 불량인가 봐요."

"딱지 붙은?"

어머니는 흥미롭다는 눈길로 중얼거리며,

"재미있는 말이네. 딱지가 붙었다면 오히려 안전하고 좋지 않니? 방울을 목에 건 새끼 고양이처럼 귀여운걸. 딱지 없는 불량이 무섭지."

"그런가요?"

너무나 기쁜 나머지, 몸이 연기로 변해 하늘로 쑤욱 빨려 들어가는 기분이었습니다. 아시겠어요? 어째서 제가 기뻤는지? 이해 못하시겠다면…… 때려 줄 거예요.

정말 여기로 한번 놀러 오시지 않겠어요? 제가 직접 나오지에게 당신을 모시고 오라고 시키는 것도 어쩐지 부자연스럽고 이상하니까, 당신 스스로 취중에 어쩌다 이곳에 들렀다는 식으로 나오지의 안내를 받고 오셔도 좋겠지만, 되도록이면 혼자서, 나오지가 도쿄에 출장 가고 집에 없을 때 오세요. 나오지가 있으면 당신을 나오지에게 빼앗기고, 틀림없이 당신들은 오사키 씨 가게로 소주를 마시러 나가 돌아오지 않을 게 뻔하니까요. 저희 집안은 조상 대대로 예술가를 좋아했던 모양입니다.

고린29)이라는 화가도 옛적에 교토의 저희들 집에 오래 머물며 맹장지문30)에 멋들어진 그림을 그려 주었습니다. 그러니까 어머니도 당신의 방문을 아주 기뻐하시리라 생각합니다. 당신은 아마 2층 방에서 주무시게 될 거예요. 전등을 꺼 두는 걸 잊지 마세요. 저는 작은 촛불을 한 손에 들고 어두운 계단을 올라갈 텐데, 그러면 안 되나요? 너무 빠르겠죠?

저는 불량한 사람이 좋아요. 더구나 딱지 붙은 불량이 좋아요. 그리고 저도 딱지 붙은 불량이 되고 싶어요. 그렇게 하지 않고는 달리 제가 살아갈 방도가 없을 것 같아요. 당신은 일본 제일의 딱지 붙은 불량이겠죠. 그리고 최근 다시 많은 사람들이 당신에 대해 추접스럽다, 역겹다며 몹시 미워하고 공격한다는 이야기를 동생한테서 듣고, 더욱더 당신이 좋아졌습니다. 당신에겐 틀림없이 애인이 여럿 있을 테지만, 머지않아 저 한 사람만을 좋아하게 될 거예요. 어째선지, 제겐 자꾸만 그런 생각이 듭니다. 그리고 당신은 저와 함께 지내며 매일 즐겁게 일하실 수 있어요. 어릴 적부터 저는 사람들에게 "너와 함께 있으면 힘든 걸 잊게 돼."라는 말을 자주 들어왔습니다. 저는 지금껏 남들한테 미움을 받은 적이 없어요. 모두들 저를 착한 아이라고 말해 주었습니다. 그러니까 당신도 결코 저를 싫어하실 리가 없다고 생각합니다.

만나야 해요. 이제 더 이상 답장이고 뭐고 필요 없습니다. 만

---

29) 오카타 고린(尾形光琳, 1658~1716). 에도 중기의 화가, 공예가.
30) 나무틀을 짜서 양면에 두꺼운 헝겊이나 종이를 바른 일본식 문.

나고 싶습니다. 제가 도쿄의 당신 댁으로 찾아가면 가장 수월하게 뵐 수 있을 테지만, 어머니가 거의 환자나 다름없다 보니 저는 전담 간호사 겸 하녀 처지라서 그건 도저히 불가능합니다. 부탁이에요. 부디 이곳으로 와 주세요. 한번 만나고 싶습니다. 그리고 일단 만나면 모든 걸 알게 되실 터. 저의 양쪽 입가에 생긴 희미한 주름을 보세요. 오래된 슬픈 주름을 보세요. 저의 어떤 말보다도 제 얼굴이 제 가슴속 그리움을 당신에게 분명히 알려 줄 것입니다.

맨 처음 올린 편지에 제 가슴에 걸린 무지개에 대해 썼습니다만, 그 무지개는 반딧불, 혹은 별빛처럼 그렇게 고상하지도 아름답지도 않습니다. 그토록 멀고 옅은 마음이었다면, 제가 이렇듯 괴로워하지 않고 서서히 당신을 잊을 수 있었겠지요. 제 가슴속 무지개는 불꽃의 다리입니다. 가슴이 까맣게 타들어 갈 만큼 그립습니다. 마약 중독자가 마약이 떨어져 약을 찾아 헤맬 때의 심정인들, 이 정도로 괴롭지는 않겠지요. 잘못하는 게 아니다, 불순한 건 아니라고 생각하면서도 불쑥 제가 엄청난 바보짓을 벌이는 게 아닌가 싶어 섬뜩해지기도 합니다. 미치광이가 된 건 아닐까 하고 뉘우치는 마음도 상당히 큽니다. 하지만 저는 냉정하게 계획하고 있습니다. 정말로 제게 한번 와 주세요. 언제든 좋아요. 저는 아무 데도 가지 않고 항상 기다립니다. 저를 믿으세요.

한번 더 만나고 나서 그때 싫으면 분명히 말해 주세요. 제 가슴속 불꽃은 당신이 불붙인 것이니, 당신이 끄고 가세요. 저 혼자 힘으로는 도저히 끌 수가 없습니다. 아무튼 만나면, 만나기만 하면, 제가 살 수 있습니다. 만요[31]나 겐지 이야기[32] 시대였다면, 저의 이런 부탁 따윈 아무 일도 아니었을 텐데. 저의 소망. 당신의 애첩이 되어 당신 아이의 엄마가 되는 것.

만약 이런 편지를 조소하는 사람이 있다면, 그 사람은 여자가 살아가는 노력을 조소하는 사람입니다. 여자의 목숨을 조소하는 사람입니다. 저는 숨이 턱턱 막히는 퀴퀴한 항구의 공기를 참을 수 없어, 항구 바깥에 태풍이 몰아친다 해도 돛을 올리고 싶습니다. 쉬고 있는 돛은 더럽기 마련이죠. 저를 조소하는 사람들은 틀림없이 모두 쉬고 있는 돛입니다. 할 수 있는 게 아무 것도 없습니다.

난처한 여자. 그러나 이 문제로 가장 괴로워하는 사람은 저입니다. 이 문제에 대해 털끝만큼도 괴로워하지 않는 방관자가, 볼품없이 돛을 늘어뜨린 채 쉬면서 이 문제를 비판하는 건 난센스입니다. 제게 적당히 무슨 사상 같은 걸 갖다 붙이지 말아 주세요. 저는 사상이 없습니다. 저는 사상이나 철학을 앞세워 행동한 적이 한 번도 없습니다.

세상에서 칭찬받고 존경받는 사람들은 모두 거짓말쟁이이고 가짜라는 것을 저는 알고 있습니다. 저는 세상을 신용하지 않습니다. 딱지 붙은 불량만이 제 편입니다. 딱지 붙은 불량. 저

---

31) 『만요슈(万葉集)』를 가리킴. 나라(奈良) 시대 말기에 편찬되었다. 일본 시문 학사에서 가장 오래되고 뛰어난 시가집으로 약 4500 수가 실려 있다.
32) 『겐지 이야기(源氏物語)』. 11세기 초, 무라사키 시키부(紫式部)가 쓴 일본 고전 문학의 걸작. 당대의 이상적인 남성상 '겐지'를 주인공으로 그의 다양한 연애담과 일대기를 그렸다.

는 오직 그 십자가에만은 달려 죽어도 좋다고 생각합니다. 비록 만인에게 비난받는다 해도, 저는 되묻고 싶습니다. 당신들은 딱지 없는, 훨씬 더 위험한 불량이 아니냐고.

아시겠어요?

사랑에 이유는 없습니다. 다소 변명 같은 말을 많이 했습니다. 동생의 입버릇을 그대로 흉내 냈다는 느낌도 듭니다. 오시기를 기다릴 뿐입니다. 한 번 더 뵙고 싶습니다. 그뿐이에요.

기다림. 아아, 인간의 생활에는 기뻐하고 화내고 슬퍼하고 미워하는 여러 가지 감정이 있지만, 그래도 그런 건 인간 생활에서 겨우 1퍼센트를 차지할 뿐인 감정이고 나머지 99퍼센트는 그저 기다리며 살아가는 게 아닐까요. 행복의 발소리가 복도에 들리기를 이제나저제나 가슴 저미는 그리움으로 기다리다, 텅 빈 공허감. 아아, 인간의 생활이란 얼마나 비참한지! 차라리 태어나지 않는 편이 좋았겠다고 모두가 생각하는 이 현실. 그리고 매일 아침부터 밤까지 헛되이 뭔가를 기다려요. 너무 비참해요. 태어나길 잘했다고, 아아, 목숨을, 인간을, 세상을 기꺼워해 보고 싶습니다.

가로막는 도덕을, 밀쳐 낼 수 없나요?

M·C(마이 체호프의 이니셜이 아닙니다. 저는 작가를 사랑하는 게 아니에요. 마이 차일드.)

5

　나는 올해 여름, 어떤 남자에게 세 통의 편지를 보냈는데
답장이 없었다. 아무리 생각해도 내게 달리 살아갈 방도가 없
는 것 같아, 세 통의 편지에 내 속마음을 털어놓고 벼랑 끝에
서 성난 파도를 향해 뛰어내리는 심정으로 우체통에 넣었지
만 아무리 기다려도 답장이 없었다. 동생 나오지에게 슬그머
니 그 사람의 안부를 물어보니 그 사람은 여전히 밤마다 술을
마시러 돌아다니며 한층 부도덕한 작품만을 써서 세상 사람
들의 빈축을 사고 미움을 받는 모양이었다. 또한 나오지에게
는 출판업을 시작하라고 권유했고 나오지는 이를 흔쾌히 받
아들여 그 사람 외에 소설가 두세 분을 고문으로 모셨는데 자
금을 대 줄 사람이 있다나 어떻다나. 아무튼 나오지의 이야기
를 듣고 있으면 내가 사랑하는 사람의 주변 분위기에 나의 내
음이 털끝만큼도 스며들지 않은 것 같아, 나는 부끄럽다기보

다도 이 세상이라는 것이 내가 생각하는 세상과는 전혀 딴판으로 마치 기묘한 생물 같다는 느낌이 들었다. 나 혼자만 덩그러니 남겨진 채 아무리 소리쳐 불러도 응답이 없고, 가을날 해 질 녘의 광야에 서 있는 듯, 여태껏 겪은 적 없는 처참한 기분에 휩싸였다. 이런 것이 실연의 감정일까. 이렇게 꼼짝 않고 광야에 우두커니 서 있는 사이, 해는 뉘엿 저물어 밤이슬에 얼어 죽는 수밖에 없겠다 생각하니, 눈물 없는 통곡에 양쪽 어깨와 가슴이 격렬하게 출렁거려 숨조차 쉴 수가 없다.

이제 이렇게 된 바에는 어떡해서든 상경해서 우에하라 씨를 만나야 해. 내 돛은 이미 올렸고 항구 바깥으로 나가 버렸어. 그저 우두커니 서 있을 수만은 없어. 가는 데까지 가 봐야 하잖아. 몰래 상경할 마음의 준비를 다잡고 있는 참에, 어머니의 용태가 이상해졌다.

밤사이, 기침이 심해 열을 재어 보니 39도였다.

"오늘 추워서 그래. 내일이면 낫겠지."

어머니는 콜록거리며 낮게 말했지만 나는 어쩐지 단순한 기침이 아닌 것 같아, 내일은 아무래도 아랫마을 의사 선생님을 불러야겠다고 마음먹었다.

다음 날 아침, 열은 37도로 내렸고 기침도 잦아들었지만, 나는 마을 의사 선생님 댁으로 가서 어머니가 요즘 급격히 허약해지신 것, 어젯밤부터 다시 열이 났고 기침도 보통 감기 때의 기침과 다른 것 같다는 등의 말씀을 드리고 진찰을 부탁했다.

선생님은 그럼 이따가 들르지요, 이건 선물 받은 건데, 하고 응접실 구석의 찬장에서 배를 세 개 꺼내 나에게 주셨다. 그리고 정오 조금 지나, 흰색 여름 정장 차림으로 진찰하러 오셨다. 여느 때처럼 한참 동안 조심스레 청진기를 대고 진찰한 다음 똑바로 내 쪽으로 돌아서서,

"걱정 안 하셔도 됩니다. 약을 드시면 낫습니다."

나는 괜히 우스워져 간신히 웃음을 참고,

"주사는, 어떨까요?" 하고 여쭈자 선생님은 진지하게,

"그럴 필요는 없겠지요. 감기니까 가만히 휴식을 취하면, 곧 감기가 떨어질 겁니다."

하지만 어머니의 열은 그 후 일주일이 지나도 내리지 않았다. 기침은 가라앉았지만 열은 아침에 37도 7부 정도였다가 저녁 무렵이 되면 39도가 되었다. 의사 선생님이 그 이튿날부터 배탈이 났다며 쉬는 바람에 내가 직접 약을 받으러 갔다. 어머니의 용태가 심상치 않다고 간호사를 통해 선생님에게 전했지만 '흔한 감기니까 걱정 안 해도 됩니다.'라는 응답과 함께 물약과 가루약을 주셨다.

나오지는 여전히 도쿄 출장 중이고, 벌써 열흘 남짓 돌아오지 않았다. 나 혼자 불안해진 나머지, 와다 삼촌에게 어머니의 용태가 바뀐 사실을 엽서에 적어 알렸다.

열이 난 지 이럭저럭 열흘째 되는 날, 마을의 의사 선생님이 겨우 배탈이 좀 나았습니다, 하며 진찰하러 오셨다.

의사 선생님은 어머니의 가슴을 주의 깊게 진찰하시고,

"알았습니다, 알았습니다!"

외치고는 다시 똑바로 내 쪽으로 돌아서서,

"열이 나는 원인을 이제 알았습니다. 왼쪽 폐에 침윤이 일어

났습니다. 하지만 걱정하실 필요는 없습니다. 열은 당분간 지속되겠지만, 가만히 휴식을 취하면 걱정 안 하셔도 됩니다."

그런가? 싶으면서도 물에 빠진 사람이 지푸라기라도 붙잡는 심정이라, 의사 선생님의 진단에 나는 다소 마음이 놓였다.

의사가 돌아간 뒤,

"다행이에요, 어머니. 누구에게나 어느 정도의 침윤은 있는 법이에요. 마음만 단단히 먹고 계시면, 금방 나을 거예요. 올 여름 변덕스런 날씨 때문이에요. 여름은 싫어요. 가즈코는 여름 꽃도 싫어요."

어머니는 눈을 감은 채 웃으며,

"여름 꽃을 좋아하는 사람은 여름에 죽는다기에 나도 올여름쯤 죽겠구나 생각했는데, 나오지가 돌아와서 가을까지 살아 버렸어."

그런 나오지여도 역시 어머니가 살아가면서 의지할 기둥이 되는가 싶어, 마음이 아팠다.

"그럼 이제 여름이 다 지나갔으니까 어머니는 위험한 고비를 넘긴 거예요. 어머니, 마당에 싸리꽃이 피었어요. 그리고 여랑화, 오이풀, 도라지, 솔새, 참억새. 마당이 완연한 가을 뜰이 되었네요. 10월이 되면 틀림없이 열도 내릴 거예요."

나는 그렇게 되기를 기도했다. 어서 이 후텁지근한 9월, 늦더위의 계절이 지나갔으면 좋겠다. 그리고 국화꽃이 피고 화창한 햇살이 비치면, 틀림없이 어머니의 열도 내려 건강해지고 나도 그 사람을 만나게 되어 나의 계획도 탐스러운 국화꽃처럼 멋들어지게 꽃피울 수 있을지도 모른다. 아아, 어서 10월이 되어 어머니의 열이 내렸으면!

와다 삼촌에게 엽서를 보낸 뒤 일주일쯤 지나 삼촌의 배려로, 예전에 시의(侍医)를 하셨던 미야케(三宅) 선생님이 간호사를 데리고 도쿄에서 진찰을 와 주셨다.

연로한 선생님은 돌아가신 아버지와도 친분이 있었던 분이라, 어머니는 무척 기쁜 모양이었다. 게다가 선생님은 옛날부터 예의범절을 무시하고 말투도 거침이 없었는데, 어머니는 이런 게 마음에 드신 것 같다. 그날은 진찰 따위는 제쳐 놓고 두 분이 서로 허물없이 세상 이야기를 나누는 데에 흠뻑 빠져 있었다. 내가 부엌에서 푸딩을 만들어 방으로 가져갔더니, 벌써 그새 진찰도 끝났는지 선생님은 청진기를 목걸이처럼 어깨에 척 걸쳐 늘어뜨린 채 방 앞 등의자에 걸터앉아,

"나 역시도 포장마차에 들어가면 그냥 서서 우동을 먹지요. 맛이 있는지 없는지도 몰라요." 하고 느긋하게 세상 이야기를 이어 나가셨다. 어머니도 무심한 표정으로 천정을 보며 그 이야기를 듣고 계신다. 별일 없잖아. 나는 안심했다.

"어떠신가요? 이 마을 의사 선생님은 왼쪽 가슴에 침윤이 있다고 하던데요?"

나도 갑자기 기운이 나서 미야케 선생님께 여쭈었더니 선생님은 대수롭지 않게,

"아니, 괜찮아." 하고 가볍게 말씀하셨다.

"정말 다행이에요, 어머니."

나는 진심으로 미소 지으며 어머니를 부르고,

"괜찮대요."

그때, 미야케 선생님이 등의자에서 벌떡 일어나 응접실 쪽으로 가셨다. 뭔가 내게 볼일이 있으신 것 같아, 나는 살짝 그 뒤를 따랐다.

선생님은 응접실 벽걸이 뒤에서 걸음을 멈추고,

"그렁그렁 소리가 들려."

"침윤이 아닌가요?"

"아니야."

"기관지염?"

나는 금세 눈물을 글썽이며 물었다.

"아니야."

결핵! 나는 받아들이고 싶지 않았다. 폐렴이나 침윤, 기관지염이라면 기필코 내 힘으로 고쳐 드릴 수 있다. 하지만 결핵이라면, 아아, 이젠 가망이 없는지도 모른다. 나는 발밑이 무너져 내리는 느낌이었다.

"소리가, 아주 나쁜가요? 그렁그렁 들리나요?"

초조한 마음에, 나는 훌쩍이기 시작했다.

"오른쪽 왼쪽 모두."

"글쎄, 어머니는 아직 건강하신걸요. 밥도 맛있다, 맛있다 하시고……."

"어쩔 수가 없어."

"거짓말. 사실이 아니죠? 버터나 계란, 우유를 많이 드시면 낫는 거죠? 몸에 저항력만 생기면 열도 내리겠죠?"

"음, 뭐든 많이 먹어야 해."

"거 봐요, 그렇죠? 토마토도 매일, 다섯 개쯤 드시는 걸요."

"음, 토마토는 괜찮아."

"그럼 괜찮은 거죠? 낫는 거죠?"

"하지만, 이번 병은 목숨을 앗아 갈지도 몰라. 그렇게 각오하고 있는 게 좋아."

사람의 힘으로 도저히 막을 수 없는 일이 이 세상에 많이 있다는 절망의 벽, 그 존재를 난생처음 알게 된 것 같았다.

"2년? 3년?"

나는 떨면서 나직이 물었다.

"알 수 없어. 아무튼 더 이상 방법이 없군."

그러고 나서 미야케 씨는 그날 이즈의 나가오카 온천에 숙소를 예약해 두었다며 간호사와 함께 돌아갔다. 문밖까지 배웅해 드리고는 정신없이 방으로 들어가 어머니의 머리맡에 앉아 아무 일 없었다는 듯 웃어 보이자 어머니는,

"선생님이, 뭐라고 하시던?" 하고 물었다.

"열만 내리면 괜찮대요."

"가슴은?"

"별 것 아닌가 봐요. 예전에 앓았을 때처럼. 틀림없어요. 이제 곧 선선해지면 몰라보게 건강해지실 거예요."

나는 나 자신의 거짓말을 믿으려 애썼다. 목숨을 앗아 간다는 무시무시한 말은, 잊으려 애썼다. 나에게 어머니가 돌아가신다는 것은 곧 내 육체도 함께 소실되고 마는 느낌이라, 도저히 사실로 받아들여지지 않았다. 이제부터는 깡그리 잊고 어머니에게 맛있는 음식을 듬뿍듬뿍 만들어 드려야지. 생선. 수프. 통조림. 간. 육수. 토마토. 계란. 우유. 맑은 장국. 두부가 있

으면 좋으련만. 두부 된장국. 쌀밥. 떡. 맛있는 건 뭐든지, 내가 가진 물건을 몽땅 팔아 어머니에게 대접해 드려야지.

나는 일어나 응접실로 갔다. 그리고 응접실 소파를 방 앞 툇마루 가까이 옮기고, 어머니의 얼굴을 잘 볼 수 있도록 앉았다. 쉬고 계시는 어머니의 얼굴은 전혀 환자 같지 않았다. 해맑은 눈이 아름다웠고 안색도 생기를 띠고 있었다. 매일 아침 규칙적으로 일어나 세수한 다음, 욕실에서 손수 머리를 매만지고 몸단장을 깔끔히 하고 나서 이부자리로 돌아와 그 자리에서 앉은 채로 식사를 마치신다. 그러고는 이부자리에 누웠다 일어났다 하시고 오전 내내 신문이나 책을 읽으시는데, 열이 나는 것은 늘 오후가 되어서다.

"아아, 어머니는 건강하신 거야. 아무 일 없어. 확실해."

나는 마음속으로 미야케 선생님의 진단을 강하게 부정했다.

10월이 되면, 국화꽃 필 무렵이면, 하고 생각하다가 나는 꾸벅꾸벅 선잠이 들고 말았다. 현실에서는 내가 한 번도 본 적이 없는 풍경인데도 꿈속에서 가끔 그 풍경을 보며 아아, 또 여길 왔네, 싶은 낯익은 숲속 호숫가로 나는 갔다. 나는 일본 옷 차림의 청년과 발소리도 내지 않고 함께 걷고 있었다. 풍경 전체를 초록빛 안개가 에워싼 느낌이었다. 그리고 호수 바닥에는 하얀색 가냘픈 다리(橋)가 잠겨 있었다.

"아아, 다리가 잠겼잖아. 오늘은 아무 데도 못 가. 이곳 호텔에 묵어야겠어. 빈 방이 분명 있었거든."

호숫가에 돌로 지은 호텔이 있었다. 그 호텔의 돌은 초록빛 안개에 촉촉이 젖어 있었다. 돌문 위에 금박으로 가늘게

HOTEL SWITZERLAND라는 글자가 새겨져 있었다. SWI, 하고 읽어 나가다가, 불현듯 어머니를 떠올렸다. 어머니는 무얼 하고 계시려나? 어머니도 이 호텔에 오시려나? 하고 궁금해졌다. 그리고 청년과 함께 돌문을 지나, 앞뜰로 들어갔다. 안개 낀 정원에 수국처럼 탐스러운 붉은 꽃이 타오르듯 피어 있었다. 어릴 적, 이불 무늬에 새빨간 수국이 흩어져 있는 것을 보고 괜스레 슬펐는데, 역시 붉은 수국이 정말로 있나 보다 싶었다.

"안 추워?"

"응. 조금. 안개에 귀가 젖어서 차가워."

그리고 웃으며,

"어머니는 무얼 하실까?" 하고 물었다.

그러자 청년은 무척 슬프고도 푸근한 미소로,

"그분은 무덤 안에 계셔."라고 대답했다.

"아!"

나는 짧게 외쳤다. 그렇다. 어머니는 이제, 안 계신다. 어머니의 장례도 오래전에 치르지 않았던가. 아아, 어머니는 벌써 돌아가셨다고 깨닫자, 이루 다 말할 수 없는 쓸쓸함에 몸서리치다 잠이 깼다.

베란다에는 어느새 땅거미가 졌다. 비가 내리고 있었다. 초록빛 쓸쓸함이 꿈 그대로 주변을 온통 감돌았다.

"어머니." 하고 나는 불렀다.

조용한 목소리로,

"뭐 하니?"라는 대답이 돌아왔다.

나는 기쁜 나머지 벌떡 일어나 방으로 가서,

"방금, 저는 깜빡 잠이 들었어요."

"그래? 뭘 하고 있나 생각했어. 낮잠이 길었구나." 하고 재미있다는 듯 웃으셨다.

나는 어머니가 이처럼 우아하게 숨 쉬며 살아 계시다는 사실이 너무나 기쁘고 고마워서, 눈물을 글썽이고 말았다.

"저녁 메뉴는? 드시고 싶은 게 있어요?"

나는 다소 들뜬 어조로 이렇게 말했다.

"아니야, 아무것도 필요 없어. 오늘은 39도 5부까지 올라갔어."

단박에 나는 풀이 죽어 납작해졌다. 그리고 어찌할 바를 몰라 어둑한 방 안을 멍하니 둘러보다가, 문득 죽고 싶어졌다.

"어찌된 일이죠? 39도 5부라니."

"괜찮아. 그저 열이 나기 전에 좀 힘들 뿐이야. 머리가 지끈거리고 오한이 들다가 열이 나."

밖은 벌써 어둑해졌고 비는 그쳤지만, 바람이 불기 시작했다. 전등을 켜고 식당으로 가려는데 어머니가,

"눈부시니까, 꺼 주렴."

"컴컴한 데서 가만히 누워 계시는 거, 싫지 않아요?"

선 채로 여쭈었더니,

"눈을 감고 누워 있으면 마찬가지야. 하나도 안 쓸쓸해. 오히려 눈부신 게 싫어. 앞으로도 방 전등은 늘 꺼 두렴."

나는 거듭되는 불길한 느낌에 말없이 방 전등을 끄고 옆방으로 가서 스탠드를 켰다. 참을 수 없이 쓸쓸해져 황급히 식당으로 가서는 통조림 연어를 찬밥에 얹어 먹는데 뚝뚝 눈물이

떨어졌다.

밤이 되자 바람은 점점 더 거세게 불다가 9시쯤부터 비도 섞여 진짜 폭풍우가 되었다. 이삼일 전에 감아올린 툇마루 끝의 발이 덜컹덜컹 소리를 냈고, 나는 옆방에서 로자 룩셈부르크[33)의 「경제학 입문」을 기묘한 흥분 속에 읽고 있었다. 이 책은 얼마 전 2층 나오지의 방에서 가져왔다. 그때 이 책과 함께 레닌[34) 선집, 카우츠키[35)의 『사회 혁명』 등도 무단으로 빌려 옆방 내 책상 위에 올려놓았는데, 어머니가 아침에 세수를 끝내고 내 책상 옆을 지나며 문득 그 세 권의 책을 발견하고 하나씩 손에 들고 바라보았다. 그러고는 낮게 한숨을 쉬고 다시 가만히 책상 위에 놓으며 쓸쓸한 표정으로 내 쪽을 언뜻 보았다. 하지만 그 눈길은 깊은 슬픔에 가득 차 있으면서도 결코 거부나 혐오의 눈길은 아니었다. 어머니가 읽으시는 책은 위고,[36) 뒤마 부자(父子),[37) 뮈세,[38) 도데[39) 등인데, 나는 그런 감

---

33) 로자 룩셈부르크(Rosa Luxemburg, 1870~1919). 폴란드 출생의 독일 여성 혁명가, 경제학자.

34) 블라디미르 일리치 레닌(Vladimir Iliich Lenin, 1870~1924). 러시아의 정치가, 마르크스주의자.

35) 카를 요한 카우츠키(Karl Johann Kautsky, 1854~1938). 독일의 마르크스주의 경제학자, 역사가, 정치가.

36) 빅토르 위고(Victor Marie Hugo, 1802~1885). 프랑스의 시인, 극작가, 소설가. 대표작 『레 미제라블』.

37) 아버지는 대(大) 뒤마(Alexandre Dumas père, 1802~1870), 프랑스의 극작가, 소설가. 대표작 『삼총사』, 『몬테크리스토 백작』. 아들은 소(小) 뒤마(Alexandre Dumas fils, 1824~1895), 대표작 『춘희(椿姬)』.

38) 알프레드 뮈세(Alfred de Musset, 1810~1857). 프랑스의 시인, 소설가, 극작가.

미로운 이야기책에도 혁명의 냄새가 풍긴다는 것을 알고 있다. 표현이 좀 이상하긴 해도 어머니처럼 '천성적인 교양' 같은 걸 갖춘 분은 의외로 담담히, 당연한 일처럼 혁명을 맞이할 수 있을지도 모른다. 나 역시 이렇게 로자 룩셈부르크의 책을 읽는 자신을 아니꼽게 여기기도 하지만, 그럼에도 나는 나름대로 깊은 흥미를 느낀다. 이 책의 내용은 경제학에 관한 것이지만, 경제학으로만 읽는다면 참으로 시시하다. 너무나 단순하고 뻔한 사실뿐이다. 아니, 어쩌면 나는 경제학을 전혀 이해하지 못하는 것인지도 모른다. 아무튼 내겐 너무 따분하다. 인간이란 원래 쩨쩨하며 영원히 쩨쩨하다는 전제가 없으면 도무지 성립되지 않는 학문으로, 쩨쩨하지 않은 사람에게는 분배의 문제건 뭐건 아예 흥미가 없는 것이다. 그런데도 나는 이 책을 읽고 다른 면에서 묘한 흥분을 느낀다. 그것은 이 책의 저자가 아무런 망설임도 없이 낡은 사상을 모조리 파괴해 나가는 저돌적인 용기이다. 아무리 도덕을 거스를지라도, 사랑하는 사람 곁으로 거침없이 내달리는 유부녀의 모습마저 떠올리게 된다. 파괴 사상. 파괴는 슬프고 애처롭고 아름답다. 파괴하고 다시 짓고 완성하려는 꿈. 일단 파괴하면 완성할 그날이 영원히 오지 않을지도 모르는데, 그렇다 해도 사랑하기 때문에 파괴해야만 한다. 혁명을 일으켜야만 한다. 로자는 마르크시즘에 일편단심 슬픈 사랑을 했다.

12년 전, 겨울의 일이다.

---

39) 알퐁스 도데(Alphonse Daudet, 1840~1897). 프랑스의 소설가, 극작가.

"너는 『사라시나 일기』[40]의 소녀 같아. 더 이상 무슨 말을 해도 소용없어."

이렇게 말하고 내게서 멀어져 간 친구. 그때 그 친구에게 나는 레닌의 책을 읽지 않은 채 돌려주었다.

"읽었니?"

"미안. 읽지 않았어."

니콜라이 성당이 보이는 다리 위였다.

"왜? 어째서?"

그 친구는 나보다 한 치 정도 키가 더 크고 어학에 재능이 있고, 빨간 베레모가 잘 어울리고 얼굴도 모나리자를 닮았다는 소리를 듣는 아름다운 사람이었다.

"표지 색깔이 싫었어."

"넌 참 이상해. 그게 아니지? 진짜는 내가 무서워진 거지?"

"무섭지 않아. 난, 표지 색깔을 참을 수 없었어."

"그래."

쓸쓸히 말하고는, 나를 '사라시나 일기'라 부르며 무슨 말을 해도 소용없다고 단정 지었다.

우리는 잠시 말없이 겨울 강을 내려다보았다.

"안녕. 만약 이것이 영원한 이별이라면, 영원히, 안녕. 바이런.[41]"

---

40) 『사라시나 일기(更級日記)』. 헤이안 시대(749~1185) 중기의 여성 스가와라노 다카스에노 무스메(菅原孝標女)가 쓴 회고록. 환상적인 이야기의 세계를 동경하는 소녀 시절부터 남편과 사별할 때까지 약 40년간의 인생 이야기를 담고 있다.
41) 조지 고든 바이런(George Gordon Byron, 1788~1824). 영국의 낭만파 대표

말하고 나서, 바이런 시구를 원문으로 재빨리 읊조리고는 내 몸을 가볍게 안았다.

나는 부끄러워,

"미안해."

낮게 사과하고, 오차노미즈(お茶の水)역 쪽으로 걸어갔다. 뒤돌아보니, 그 친구는 여전히 다리 위에 선 채 꼼짝도 않고 나를 물끄러미 지켜보고 있었다.

그 후 그 친구를 만나지 못했다. 같은 외국인 교사 댁을 드나들었지만, 학교가 달랐기 때문이다.

그로부터 12년이 지났건만, 나는 아직도 『사라시나 일기』에서 한 걸음도 나아가지 못했다. 도대체 나는 그동안 무얼 하고 있었던 걸까? 혁명을 동경한 적도 없고 사랑조차 알지 못했다. 지금까지 세상의 어른들은 혁명과 사랑, 이 두 가지를 가장 어리석고 께름칙한 것이라고 우리에게 가르쳤다. 전쟁 전에도 전쟁 중에도 우리는 그런 줄로만 믿었으나, 패전 후 우리는 세상의 어른들을 신뢰하지 않게 되었다. 무엇이건 그들이 말하는 것과 반대쪽에 진정한 살 길이 있는 것 같았고, 혁명도 사랑도 실은 이 세상에서 제일 좋고 달콤한 일이며, 너무 좋은 것이다 보니 심술궂은 어른들이 우리에게 포도가 시다며 거짓을 가르친 게 틀림없다고 여기게 되었다. 나는 확신하련다. 인간은 사랑과 혁명을 위해 태어난 것이다.

스르륵 맹장지문이 열리더니 어머니가 웃으며 얼굴을 내

시인.

밀고,

"아직 안 잤구나. 졸리지 않니?" 하셨다.

책상 위 시계를 보니, 12시였다.

"네, 하나도 안 졸려요. 사회주의 책을 읽고 있으니 흥분되는걸요."

"그래? 술 없니? 그럴 땐 술을 마시면 잠을 푹 잘 수 있지."

놀리는 투로 말했는데 그 태도에는 어딘가 데카당[42]과 아주 흡사한 요염함이 있었다.

이윽고 10월이 되었지만 활짝 개인 가을 하늘은 볼 수 없고, 장마철처럼 후텁지근하고 칙칙한 날이 이어졌다. 그리고 어머니의 열은 여전히 매일 저녁 무렵이 되면, 38도와 39도 사이를 오르내렸다.

그러던 어느 날 아침, 나는 무서운 것을 보고 말았다. 어머니의 손이 부어 있었다. 아침밥이 제일 맛있다고 하시던 어머니도 요사이는 이부자리에 앉아 아주 조금, 가볍게 죽 한 그릇만 드신다. 반찬도 냄새가 심한 건 못 드셔서 그날은 송이버섯 맑은장국을 드렸는데도 역시나 송이버섯 향마저 거북하셨던 듯, 국그릇을 입으로 가져가다 말고 다시 가만히 밥상 위에 올려놓았다. 그때, 나는 어머니의 손을 보고 깜짝 놀랐다. 오른손이 퉁퉁 부어올라 동그랬다.

---

42) 데카당(décadent). 퇴폐적이라는 뜻의 프랑스어. 19세기 후반 프랑스 문학의 탐미적이고 향락적인 경향을 지칭한다.

"어머니! 손, 괜찮아요?"

얼굴도 약간 창백하고 부은 것 같았다.

"괜찮아. 이 정도는 괜찮아."

"언제부터 부은 거예요?"

어머니는 눈이 부신 듯한 얼굴을 하고 아무 말이 없었다. 나는 소리 내어 울고 싶었다. 이런 손은 어머니의 손이 아니다. 낯선 아주머니의 손이다. 내 어머니의 손은 훨씬 가늘고 자그마한 손이다. 내가 잘 아는 손. 부드러운 손. 귀여운 손. 그 손은 영원히 사라져 버린 것일까. 왼손은 아직 그다지 붓지 않았지만 왠지 안쓰러워 바라볼 수가 없어서, 나는 시선을 돌려 도코노마[43]의 꽃바구니를 노려보았다.

눈물이 쏟아지려는 걸 참지 못해 얼른 일어나 식당으로 가니, 나오지가 혼자 반숙 계란을 먹고 있었다. 어쩌다 이곳 이즈의 집에 머문다 해도 밤에는 으레 오사키 씨네 가게에 가서 소주를 마시고, 아침에는 언짢은 낯으로 밥은 안 먹고 반숙 계란 네댓 개를 먹을 뿐, 그러고는 다시 2층으로 올라가 누웠다 일어났다 했다.

"어머니 손이 부어……."

나오지에게 이야기하려다, 고개를 숙였다. 다음 말을 잇지 못하고 고개를 숙인 채, 나는 어깨를 들썩이며 울었다.

나오지는 잠자코 있었다.

내가 얼굴을 들고,

---

43) 도코노마(床の間). 일본식 방의 상좌에 바닥을 한층 높게 만든 곳.

"이젠 틀렸어. 넌 몰랐니? 저렇게 부으면, 이젠 틀렸어."

테이블 가장자리를 붙잡고 말했다.

나오지도 침울한 얼굴로,

"먼 얘긴 아니지. 쳇, 일이 더럽게 재미없어졌는걸."

"난, 다시 낫게 해 드리고 싶어. 꼭 낫게 해드리고 싶어."

오른손으로 왼손을 쥐어짜며 말하는데, 돌연 나오지가 훌쩍훌쩍 울음을 터뜨리고,

"어째서 좋은 일이 하나도 없는 거야? 우리한텐 좋은 일이 하나도 없어." 하면서 주먹으로 마구 눈을 비벼댔다.

그날 나오지는 와다 삼촌에게 어머니의 용태도 알리고 앞으로의 일에 대해 가르침을 받으러 상경했고, 나는 어머니 곁을 지킬 때 말고는 아침부터 밤까지 내내 울기만 했다. 아침 안개 속에 우유를 받으러 갈 때도, 거울 앞에서 머리를 매만지면서도, 립스틱을 바르면서도 나는 줄곧 울었다. 어머니와 함께한 행복한 날들, 이런저런 일들이 그림처럼 떠올라 흘러내리는 눈물을 주체할 수 없었다. 해 질 녘 어둑해지면 응접실 베란다에 나가서 한참을 흐느껴 울었다. 가을 하늘에는 별이 반짝였고 발치에는 남의 집 고양이가 웅크리고 앉아 꼼짝도 하지 않았다.

다음 날, 손의 부기는 어제보다도 한층 더 심해졌다. 식사는 아무것도 드시지 않았다. 오렌지 주스도 입안이 헐어 따갑다며 못 마시겠다고 하셨다.

"어머니, 이번에도 나오지의 그 마스크를 해 보실래요?"

웃으며 말하려던 것이, 말하는 사이 마음이 아파 와, 큰 소

리로 울고 말았다.

"매일 바빠서 피곤하겠구나. 간호사를 두는 게 어때?"

조용히 말씀하셨지만 당신의 건강보다 내 몸을 걱정하는 마음이 깊이 와닿아 더욱 슬펐다. 나는 자리에서 일어나 욕실로 달려가, 실컷 울었다.

정오 조금 지나, 나오지가 미야케 선생님과 간호사 두 명을 데리고 왔다.

언제나 농담을 즐기시던 선생님도 이때만은 화가 나신 듯한 몸짓으로 성큼성큼 병실에 들어오기 무섭게 진찰을 시작했다. 그리고 혼잣말처럼,

"많이 쇠약해지셨군요."

한마디 낮게 말하고 캠퍼[44] 주사를 놓았다.

"선생님 숙소는?"

어머니는 헛소리하듯 말했다.

"이번에도 나가오카입니다. 예약해 두었으니 걱정 마세요. 환자께서는 다른 사람 걱정을 하지 마시고, 드시고 싶은 건 뭐든지 욕심껏 많이 드셔야 합니다. 영양을 섭취하면 좋아집니다. 내일 또 들르지요. 간호사 한 사람을 두고 갈 테니, 도움을 받으세요."

선생님은 병상의 어머니를 향해 큰 소리로 말하고 나서, 나오지에게 눈짓을 하며 자리에서 일어났다.

나오지 혼자 선생님과 간호사를 배웅하러 나갔는데, 잠시

---

44) 캠퍼(Kamfer). 심장 기능을 북돋워 주는 강심제의 일종.

후 돌아온 나오지의 얼굴을 보니 터져 나오려는 울음을 꾹 참는 듯했다.

우리는 살며시 병실을 나와, 식당으로 갔다.

"포기하라든? 그런 거야?"

"젠장."

나오지는 입술을 일그러뜨리며 웃고,

"되게 급격히 쇠약해진 모양이야. 오늘내일, 어떻게 될지 알 수 없다는 말씀이셔."

말하는 사이, 나오지의 눈에서 눈물이 쏟아졌다.

"여기저기 전보를 쳐야겠지?"

나는 오히려 침착해져서 말했다.

"그 문제를 삼촌과 의논했는데, 지금은 쉽게 사람을 불러 모을 수 있는 시기가 아니라더군. 와 준다 하더라도 이런 비좁은 집에선 도리어 실례되는 일이고, 근처에 변변한 숙소도 없는 데다 나가오카 온천에 방을 두세 개씩 예약할 수도 없어. 이 말은 곧 우리는 이미 가난해서 훌륭하신 분들을 모실 힘이 없다는 거지. 삼촌은 곧 올 테지만, 그 작자는 옛날부터 쩨쩨하고 도통 믿음이 안 가. 어젯밤만 해도 어머니의 병환은 나 몰라라 하고 내게 한바탕 설교를 늘어놓더군. 쩨쩨한 놈한테 설교를 듣고 정신 차린 사람은 동서고금에 한 명도 없어. 누나 동생 사이인데도, 어머니와 그 작자는 정말이지 하늘과 땅 차이라니까. 지겨워."

"그래도 나야 어찌 되건, 넌 앞으로 삼촌에게 의지해야……."

"천만에! 차라리 거지가 되는 게 나아. 누나야말로 앞으로 삼촌한테 잘 매달려 보셔."

"난……."

눈물이 났다.

"난, 갈 데가 있어."

"혼담? 결정됐어?"

"아니."

"자립인가? 일하는 부인! 그만해, 그만해."

"자립이 아니야. 난, 혁명가가 될 거야."

"뭐?"

나오지는 이상한 표정으로 나를 보았다.

그때, 미야케 선생님이 데려온 간호사가 나를 부르러 왔다.

"사모님이 찾으십니다."

서둘러 병실로 가서 이불 옆에 앉아,

"뭐 드려요?"

얼굴을 가까이 대고 물었다.

하지만 어머니는 뭔가 말하는가 싶다가도 잠자코 계셨다.

"물?" 하고 물었다.

희미하게 고개를 저었다. 물이 아닌 모양이다.

잠시 후 나직한 목소리로,

"꿈을 꾸었어."

"그래요? 어떤 꿈?"

"뱀 꿈."

나는 섬뜩했다.

"툇마루 섬돌 위에 빨간 줄무늬 암뱀이 있을 거야. 보고 오렴."

나는 몸이 오싹해지는 기분으로 벌떡 일어나 툇마루로 나갔다. 유리문 너머로 보니, 섬돌 위에 뱀이 가을 햇볕을 쬐며 기다랗게 누워 있었다. 나는 어찔어찔 현기증이 났다.

나는 너를 알아. 넌 그때에 비해 약간 몸집이 커지고 늙었지만, 내가 알을 태운 바로 그 암뱀이지. 너의 복수는 이제 나도 충분히 알았으니, 저리 가. 냉큼 물러가.

마음속으로 빌며 그 뱀을 지켜보았으나 도무지 뱀은 꿈쩍도 하지 않았다. 나는 왠지 간호사에게 이 뱀을 보이고 싶지 않았다. 쿵 하고 힘껏 발을 구르며,

"없어요, 어머니. 꿈 따윈 믿을 게 못 돼요."

일부러 과장되게 큰 소리로 말하고 언뜻 섬돌 쪽을 보니, 뱀은 그제야 몸을 뒤척여 스르르 돌에서 미끄러져 내렸다.

이젠 끝장이야. 다 끝났어. 그 뱀을 보자 비로소 내 가슴 밑바닥에서 체념이 솟구쳤다. 아버지가 돌아가셨을 때도 머리맡에 작고 까만 뱀이 있었다고 했고, 또 그때 정원의 모든 나무에 뱀이 휘감겨 있던 것을 나는 보았다.

어머니는 이부자리에 일어나 앉을 기력도 잃은 듯 늘 선잠에 취한 모습이다. 이젠 완전히 몸을 간호사에게 내맡겼고 음식도 거의 못 넘기는 것 같았다. 뱀을 보고 나서 나는 슬픔의 바닥을 뚫고 나온 마음의 평안이라고 할까, 그런 행복감 비슷한 마음의 여유가 생겨나 이제부터는 가능한 한 오로지 어머니 곁에 있어야겠다고 생각했다.

그리고 그 다음 날부터 어머니의 머리맡에 딱 붙어 앉아 뜨

개질을 했다. 나는 뜨개질이건 바느질이건 남보다 훨씬 빨랐지만 서툴렀다. 그래서 어머니는 항상 그 서툰 부분을 일일이 손을 잡고 가르쳐 주시곤 했다. 그날도 나는 굳이 뜨개질할 마음은 없었지만, 어머니 곁에 내내 달라붙어 있어도 어색하지 않게 모양새를 갖추기 위해 털실 상자를 꺼내 놓고 부지런히 뜨개질을 했다.

어머니는 내 손놀림을 가만히 지켜보다,

"네 양말을 뜨는 거지? 그렇다면 여덟 코 정도는 더 늘려야 발이 편해."

나는 어릴 적 아무리 가르쳐 주셔도 영 뜨개질이 서툴기만 했는데, 그때처럼 허둥대고 창피하고 그립고, 아아, 이젠 이렇게 어머니에게 배우는 것도 이걸로 마지막이구나 생각하니, 그만 눈물이 그렁그렁해져 뜨개질 코가 보이지 않았다.

어머니는 이처럼 누워 계실 때는 전혀 고통스러워 보이지 않았다. 식사는 이제 오늘 아침부터 아무것도 못 드시고, 가제에 찻물을 적셔 이따금 입을 축여 드릴 뿐이었다. 하지만 의식은 또렷해서 더러 내게 차분히 말을 건넸다.

"신문에 폐하의 사진이 실린 모양인데, 한 번 더 보여 주렴."

나는 신문의 그 부분을 어머니 얼굴 위에 펼쳐 들었다.

"늙으셨구나."

"아니에요, 사진이 안 좋아요. 지난번 사진에는 아주 젊고 쾌활해 보였어요. 오히려 이런 시대를 기뻐하시겠죠."

"어째서?"

"그야, 폐하도 이번에 해방이 되셨잖아요."

어머니는 쓸쓸히 웃으셨다. 그러고는 잠시 후,

"울고 싶어도, 이젠 눈물이 안 나."

나는 어머니가 지금 행복한 게 아닐까, 하고 문득 생각했다. 행복감이란 비애의 강바닥에 가라앉아 희미하게 반짝이는 사금 같은 것이 아닐까? 슬픔의 극한을 지나 아스라이 신기한 불빛을 보는 기분. 이런 게 행복감이라면 폐하도 어머니도 그리고 나도, 분명 지금, 행복한 거다. 고즈넉한 가을날 아침. 햇살 따사로운 가을 뜰. 나는 뜨개질을 멈추고 가슴 높이로 빛나는 바다를 바라보며,

"어머니. 전 지금껏 어지간히 세상 물정을 몰랐나 봐요."라고 했다.

그러고는 좀 더 하고 싶은 말이 있었지만, 방 한쪽에서 정맥 주사 채비를 하는 간호사가 들을까 부끄러워 입을 다물었다.

"지금껏이라니……."

어머니는 엷은 웃음을 띠며 따지듯,

"그럼, 지금은 세상을 알 것 같니?"

나는 왠지 얼굴이 새빨개졌다.

"세상이란, 알 수 없는 거야."

어머니는 얼굴을 딴 데로 돌리고, 혼잣말처럼 낮게 말했다.

"난 모르겠어. 아는 사람이 있으려나? 아무리 세월이 흘러도 모두 어린애야. 아는 게 아무것도 없어."

하지만 나는 살아가야만 한다. 아직 어린애인지도 모르지만, 그렇다고 응석만 부리고 있을 수는 없다. 나는 이제부터 세상과 싸워 나가야만 한다. 아아, 어머니처럼 남들과 싸우지

않고 미워하지도 않고 원망하지도 않고 아름답고 슬프게 생애를 마감할 수 있는 사람은, 이제 어머니가 마지막이고 더 이상 이 세상에 존재할 수 없는 게 아닐까? 죽어 가는 사람은 아름답다. 산다는 것. 살아남는다는 것. 그건 몹시 추하고 피비린내 나는, 추접스러운 일처럼 느껴진다. 새끼를 배고 구멍을 파는 뱀의 모습을, 나는 다다미 위에서 상상해 보았다. 하지만 내가 끝내 단념하지 못하는 게 있다. 천박해 보인들 상관없어. 나는 살아남아 마음먹은 일을 이루기 위해 세상과 싸워 나가련다. 결국 어머니가 돌아가신다는 것이 분명해지자, 나의 로맨티시즘과 감상 따위는 점차 사라지고 어쩐지 나 자신이 방심할 수 없는 교활한 생물로 변해 가는 기분이었다.

그날 정오 무렵, 내가 어머니 곁에서 입을 축여 드리고 있는데, 문 앞에 자동차가 멈춰 섰다. 와다 삼촌이 숙모와 함께 도쿄에서 자동차로 급히 달려와 주셨다. 삼촌이 병실에 들어와서 어머니 머리맡에 말없이 앉자, 어머니는 손수건으로 당신의 얼굴을 반쯤 가리고 삼촌의 얼굴을 응시한 채 우셨다. 하지만 울상이 되었을 뿐, 눈물은 나지 않았다. 인형 같았다.

"나오지는 어디?"

잠시 후 어머니는 내 쪽을 보고 말했다.

나는 2층으로 올라갔다. 소파에 드러누워 신간 잡지를 읽고 있는 나오지에게,

"어머니가 찾으셔."라고 하자,

"아아, 또 눈물 극장인가? 그대들은 용케도 잘 참고 버티시는군. 신경이 둔하다니까. 야박해. 우리는 너무나 괴롭고 참으

로 마음 뜨거우나 육체 허약하여, 도저히 어머니 곁에 있을 기력이 없네."

이렇게 말하며 겉옷을 입고, 나와 함께 2층에서 내려왔다.

둘이서 나란히 어머니 머리맡에 앉자, 어머니는 갑자기 이불 속에서 손을 내밀어 말없이 나오지 쪽을 가리키고 그다음엔 나를 가리켰다. 그러고는 삼촌 쪽으로 얼굴을 돌리고 양쪽 손바닥을 맞대었다.

삼촌은 크게 고개를 끄덕이고,

"예, 알겠습니다. 알겠습니다."

어머니는 안심하신 듯 눈을 살포시 감고 손을 이불 속으로 가만히 넣었다.

나도 울고, 나오지도 고개를 숙인 채 오열했다.

그사이 미야케 선생님이 나가오카에서 오셔서 우선 주사를 놓았다. 어머니도 삼촌을 만나고 나서는 이제 마음에 걸리는 게 없다고 생각했는지,

"선생님, 어서 편안히 해 주세요." 하셨다.

미야케 선생님과 삼촌은 얼굴을 마주보며 말이 없었다. 두 사람의 눈에 눈물이 반짝였다.

나는 일어나 식당에 가서 삼촌이 좋아하는 유부 우동을 만들어 선생님과 나오지, 숙모 것까지 4인분을 응접실로 가져갔다. 그리고 삼촌이 가져온 마루노우치(丸の内) 호텔의 샌드위치를 어머니에게 보여 드리고 머리맡에 놓자,

"바쁘구나."

어머니는 나직이 말했다.

응접실에서 모두들 잠깐 잡담을 나누다, 삼촌과 숙모는 오늘 밤 반드시 도쿄에 돌아가야만 하는 용무가 있다면서 나에게 위로금 봉투를 건넸다. 미야케 선생님도 간호사와 함께 돌아가게 되어, 간병해 줄 간호사에게 여러 가지 처방 방법을 일러 주셨다. 아무튼 아직 의식은 또렷하고 심장도 그리 쇠약해진 게 아니니 주사만으로도 앞으로 사오일은 괜찮을 거라 하시기에, 그날은 일단 모두 자동차를 타고 도쿄로 떠났다.

모두를 배웅하고 나서 방으로 가니, 어머니가 늘 내게만 지어 보이는 다정한 미소로,

"바빴지?"

다시 속삭이듯 낮게 말했다. 그 얼굴은 생기가 넘쳐 오히려 빛이 나는 것 같았다. 삼촌을 만날 수 있어서 기뻤던 거라고 나는 짐작했다.

"아니에요."

나도 조금 들뜬 기분으로 방긋 웃었다.

그리고 이것이 어머니와의 마지막 대화였다.

그러고 나서 세 시간쯤 지나, 어머니는 돌아가셨다. 고즈넉한 가을날 해 질 녘, 간호사가 맥을 짚고 나오지와 나, 단 두 사람의 혈육이 지켜보는 가운데, 일본의 마지막 귀부인이었던 아름다운 어머니가.

얼굴은 거의 그대로였다. 아버지의 경우는 단박에 안색이 변했지만, 어머니의 낯빛은 조금도 변하지 않고 호흡만 멎었다. 그 호흡이 멎은 게 언제인지도 확실히 알 수 없을 정도였다. 얼굴의 부기도 전날부터 빠지기 시작해 뺨이 밀랍처럼 매끄러

웠고 얇은 입술은 희미하게 일그러진 채 미소를 머금은 듯, 살아 있는 어머니보다 아리따웠다. 나는 피에타의 마리아[45]를 닮았다고 생각했다.

---

45) 성모 마리아가 그리스도의 시신을 안고 애도하는 모습을 표현한 그림이나 조각상의 통칭. 흔히 로마의 산피에트로 성당 입구에 있는 미켈란젤로의 조각상을 가리킨다. 피에타(pietà)는 이탈리아어로 슬픔, 비탄이라는 뜻.

6

전투, 개시.

언제까지나 슬픔에 잠겨 있을 수만은 없었다. 나에게는 무슨 일이 있어도 쟁취해야 하는 것이 있었다. 새로운 윤리. 아니, 이렇게 말하는 건 위선이다. 사랑. 그뿐이다. 로자가 새로운 경제학에 의지하지 않고서는 살아갈 수 없었던 것처럼, 나는 지금 사랑 하나에 매달리지 않고서는 살아갈 수 없다. 예수가 이 세상의 종교인, 도덕가, 학자, 권력자의 위선을 파헤치고 신의 진정한 사랑을 한 치의 주저함도 없이 있는 그대로 사람들에게 전해 주기 위해 열두 제자를 각지에 파견할 즈음 제자들에게 들려준 가르침은, 지금 나의 경우와도 전혀 무관하지 않은 듯 여겨졌다.

"너희 전대에 금이나 은이나 동이나 가지지 말고 여행을 위하여 주머니나 두 벌 옷이나 신이나 지팡이를 가지지 말라. 보라, 내가 너희를 보냄이 양을 이리 가운데 보냄과 같도다. 그러므로 너희는 뱀같이 지혜롭고 비둘기같이 순결하라. 사람들을 삼가라. 저희가 너희를 공회에 넘겨주겠고 저희 회당에서 채찍질하리라. 또 너희가 나로 인하여 총독들과 임금들 앞에 끌려가리라. 너희를 넘겨줄 때에 어떻게 또는 무엇을 말할까 염려치 말라. 그때에 무슨 말할 것을 주시리니 말하는 이는 너희가 아니라 너희 속에서 말씀하시는 자, 곧 너희 아버지의 성령이시니라. 또 너희가 내 이름으로 인하여 모든 사람에게 미움을 받을 것이나 나중까지 견디는 자는 구원을 얻으리라. 이 동네에서 너희를 핍박하거든 저 동네로 피하라. 내가 진실로 너희에게 이르노니, 이스라엘의 모든 동네를 다 다니지 못하여서 인자(人子)가 오리라.

몸은 죽여도 영혼은 능히 죽이지 못하는 자들을 두려워하지 말고 오직 몸과 영혼을 능히 지옥에 멸하시는 자를 두려워하라. 내가 세상에 화평을 주러 온 줄로 생각지 말라, 화평이 아니요, 검을 주러 왔노라. 내가 온 것은 사람이 그 아비와, 딸이 어미와, 며느리가 시어미와 불화하게 하려 함이니, 사람의 원수가 자기 집안 식구리라. 아비나 어미를 나보다 더 사랑하는 자는 내게 합당치 아니하고 아들이나 딸을 나보다 더 사랑하는 자도 내게 합당치 아니하고, 또 자기 십자가를 지고 나를 좇지 않는 자도 내게 합당치 아니하니라. 자기 목숨을 얻는 자는 잃을 것이요, 나를 위하여 자기 목숨을 잃는 자는 얻으리라."[46]

---

46) 「마태복음」, 10장 9~10절, 16~20절, 22~23절, 28절, 34~39절 참조.

전투, 개시.

만약 내가 사랑을 위해 예수의 이 가르침을 고스란히 반드시 지킬 것을 맹세한다면, 예수님은 나무라실까? 어째서 '연애'가 나쁘고 '사랑'이 좋은 건지, 나는 모르겠다. 똑같은 게 아닌가, 하는 생각이 자꾸만 든다. 무엇인지 잘 모르는 사랑을 위해 연애를 위해 그 슬픔을 위해, 몸과 영혼을 나락으로 내던질 수 있는 사람. 아아, 나는 나 자신이야말로 그 사람이라고 주장하고 싶다.

삼촌의 주선으로 가까운 친지만 모여 조촐하게 어머니의 장례를 이즈에서 치른 뒤, 정식 장례는 도쿄에서 마쳤다. 그러고 나서 다시 나오지와 나는 이즈의 산장에서 서로 얼굴을 마주 보고도 입을 열지 않는, 이유를 알 수 없는 서먹한 생활을 했다. 나오지는 출판업 자본금이라는 명목으로 어머니의 보석들을 죄다 들고 나가 도쿄에서 실컷 마시고 놀다 지치면, 이즈의 산장으로 중환자나 다름없는 푸르뎅뎅한 낯으로 비틀거리며 돌아와 자곤 했다. 한 번은 댄서로 보이는 앳된 여자애를 데려왔는데, 이때만은 나오지도 어지간히 멋쩍어 하기에,

"오늘 나, 도쿄에 가도 되겠니? 오랜만에 친구 집에 놀러 가려고. 이삼일 정도 거기서 묵고 올 거니까 네가 집을 봐 주렴. 식사 준비는 저 애한테 부탁하면 될 테고."

나오지의 약점을 놓치지 않고 파고들어, 말하자면 뱀처럼 지혜롭게, 나는 가방에 화장품이며 빵 등을 챙겨 넣고 아주 자연스럽게 그 사람을 만나러 상경할 수 있었다.

도쿄 교외의 오기쿠보(荻窪)역 북쪽 출구에서 20분 남짓 걸

으면 그 사람이 전후에 새로 마련한 거처를 찾아갈 수 있다는 이야기를, 예전에 나오지한테 슬쩍 들은 적이 있다.

초겨울 찬바람이 몹시 부는 날이었다. 오기쿠보역에 내렸을 무렵에는 이미 주변이 어두컴컴했다. 나는 지나가는 사람을 붙잡아 그 사람의 집 주소를 가르쳐 주고 방향을 물어, 한시간 남짓 어둑한 교외의 골목길을 헤매다가 너무나 불안해 절로 눈물이 흘렀다. 그러던 중 자갈길 돌부리에 채여 게다 끈이 툭 끊기는 바람에 어찌할 바를 몰라 우뚝 서 있노라니, 문득 오른쪽 집 두 채 가운데 한 집의 문패가 밤눈에도 희뿌옇게 떠올랐다. 거기에 '우에하라'라고 적혀 있는 것 같아 한쪽 발은 버선만 신은 채 그 집 현관으로 달려가 유심히 문패를 살펴보니, 분명 '우에하라 지로'라고 적혀 있긴 했으나 집 안은 어두웠다.

어찌할 바를 몰라 다시 잠깐 우뚝 서 있다가 몸을 내던지는 심정으로 현관 격자문에 쓰러지듯 바싹 달라붙어,

"실례합니다." 하고 양쪽 손끝으로 격자를 어루만지며,

"우에하라 씨."

나직이 속삭였다.

응답은 있었다. 하지만 여자 목소리였다.

현관문이 안쪽에서 열리고 갸름한 얼굴에 고전적인 분위기를 띤, 나보다 서너 살쯤 연상으로 보이는 여자가 현관 어둠 속에서 얼핏 웃으며,

"누구신지요?"

묻는 그 말투에는 어떤 경계심이나 악의도 없었다.

"아니에요, 저어…….."

하지만 나는, 자신의 이름을 미처 대지 못했다. 이 사람에게 만은 내 사랑도 묘하게 뒤가 켱겼다. 우물쭈물, 거의 비굴하게,

"선생님은? 안 계시나요?"

"네."

대답하고는 안됐다는 듯 내 얼굴을 보며,

"그래도 행선지는 대개…….."

"멀리?"

"아뇨."

우스운 듯 한쪽 손을 입에 갖다 대고,

"오기쿠보예요. 역 앞 시라이시(白石)라는 오뎅 가게에 가시면 대개 행선지를 알 수 있을 거예요."

나는 펄쩍 뛰어오를 듯 기뻐서,

"아, 그렇군요."

"어머, 신발이."

부인이 권하는 대로 현관 안으로 들어간 나는 마루 끝에 앉아, 게다 끈을 손쉽게 수선할 수 있는 가죽 끈을 받아 게다를 고쳤다. 그러는 사이 부인은 촛불을 밝혀 현관으로 갖다주며,

"하필 전구 두 개가 다 나가 버렸지 뭐예요, 요즘 전구는 엄청 비싼 데다 어찌나 잘 나가 버리는지. 남편이 있으면 사 달라고 할 텐데, 어젯밤도 그저께 밤도 들어오지 않아 우리는 사흘 밤을 무일푼으로 일찌감치 잠자리에 든답니다."

참으로 태평스러운 웃음을 짓고 말했다. 부인 뒤에는 커다란 눈망울에 좀처럼 남을 따를 것 같지 않은, 열두세 살 남짓

한 깡마른 여자아이가 서 있었다.

적(敵). 나는 그렇게 생각하지 않지만, 이 부인과 아이는 언젠가 나를 적이라 여기고 미워할 게 틀림없다. 이렇게 생각하니 나의 사랑도 순식간에 싸늘히 식어 버린 듯한 느낌이었다. 게다 끈을 갈아 끼우고 일어나 손을 탁탁 마주쳐 양손의 먼지를 털어 내면서 걷잡을 수 없이 전신을 엄습해 오는 쓸쓸함을 참다못해 방으로 뛰어 올라가 깜깜한 어둠 속에 부인의 손을 잡고 울어 버릴까, 갈팡질팡 크게 동요했지만 문득 그렇게 하고 난 뒤 뻔뻔스럽고 뭐라 형언하기 힘든 볼썽사나운 자신의 모습을 떠올리고는 질색했다.

"고마웠습니다."

지나칠 정도로 공손하게 머리 숙여 인사를 하고 밖으로 나왔다. 찬바람을 맞으며 전투, 개시. 사랑해, 좋아해, 그리워, 진짜 사랑해, 진짜 좋아해, 진짜 그리워. 보고 싶으니까 어쩔 수 없어, 좋아하니까 어쩔 수 없어, 그리우니까 어쩔 수 없어. 그 부인은 분명 보기 드물게 좋은 분. 딸도 예뻤어. 하지만 나는 신의 심판대에 세워진다 한들 조금도 자신을 꺼림칙하게 여기지 않아. 인간은 사랑과 혁명을 위해 태어난 거야, 신이 벌하실 리가 없어. 난 털끝만큼도 잘못한 게 없어. 진짜 좋아하니까 대놓고 당당하게, 그 사람을 한 번 만날 때까지 이틀 밤이건 사흘 밤이건 들판에서 지새우더라도, 기필코.

역 앞 시라이시라는 오뎅 가게는 금방 찾았다. 하지만 그 사람은 없었다.

"아사가야(阿佐ヶ谷)예요, 틀림없이. 아사가야역 북쪽 출구에서 곧장 가시면, 글쎄요, 150미터쯤? 철물점이 있을 거예요, 거기서 오른쪽으로 들어가 50미터쯤? 야나기야(柳や)라는 조그만 요릿집이 있어요. 선생님은 요즘 야나기야의 오스테 씨와 뜨거운 사이라서 죽치고 살죠, 못 말려요."

역으로 가서 표를 사고 도쿄행 전차를 타고 아사가야에 내려 북쪽 출구에서 약 150미터, 철물점에서 오른쪽으로 돌아 50미터. 야나기야는 고요했다.

"방금 나가셨는데, 여럿이서 이제부터 니시오기(西荻)의 '지도리'에 가서 밤새도록 마실 거라더군요."

나보다 젊고 다소곳하고 고상하고 친절해 보이는 이 여자가 바로 그 사람과 뜨거운 사이라는 오스테 씨일까?

"지도리? 니시오기의 어디쯤인가요?"

안절부절, 눈물이 쏟아질 것 같았다. 나는 지금 미쳐 버린 게 아닐까? 문득 생각했다.

"잘은 모르겠지만, 글쎄, 니시오기역에 내려서 남쪽 출구에서 왼쪽으로 들어간 곳이라던가, 아무튼 파출소에 물어보시면 알 수 있지 않을까요? 어차피 한 군데로는 성에 차지 않는 사람이라, 지도리에 가기 전에 또 어딘가에서 걸치고 있을지도 몰라요."

"지도리로 가 볼게요. 안녕히 계세요."

다시 되돌아가기. 아사가야에서 다치카와(立川)행 전차를 타고 오기쿠보, 니시오기쿠보역의 남쪽 출구에서 내려 찬바람을 맞으며 헤매다 파출소를 발견하고 지도리의 방향을 물었다. 그러고는 가르쳐 준 대로 밤길을 내달리다시피 걸어 지도리의 푸른 등롱을 발견하고, 서슴없이 격자문을 열었다.

토방이 있고 바로 앞 작은 방은 담배 연기로 자욱한데, 열 명 남짓한 사람들이 커다란 탁자를 둘러싸고 와자지껄 소란스럽게 술판을 벌이고 있었다. 나보다 어려 보이는 아가씨 셋도 한데 어울려 담배를 피우고 술을 마시고 있었다.

나는 토방에 서서 죽 둘러보다가, 찾았다. 꿈을 꾸는 기분이었다. 아니잖아. 6년. 이미 전혀 딴사람이 되어 있었다.

이 사람이 나의 무지개, M · C, 내 삶의 보람, 그 사람일까? 6년. 헝클어진 머리는 옛날 그대로지만 애처로이 불그죽죽하게 듬성해졌고, 누렇게 뜬 얼굴에 눈가가 빨갛게 짓무르고 앞니가 빠진 데다 연신 입을 우물거려 늙은 원숭이 한 마리가 방 한구석에 구부정하니 앉아 있는 느낌이었다.

아가씨 하나가 나를 알아보고 눈짓으로 우에하라 씨에게 내가 온 것을 알렸다. 그 사람은 앉은 채 기다란 목을 빼고 내쪽을 보더니 아무런 표정도 없이 턱짓으로 들어오라는 신호를 보냈다. 좌중은 내게 아무런 관심도 없는 듯 계속 와자지껄 떠들어 대면서도 조금씩 좁혀 앉아 우에하라 씨 바로 오른편에 내 자리를 만들어 주었다.

나는 말없이 앉았다. 우에하라 씨는 내 컵에 찰랑찰랑 넘치도록 술을 따라 주고 자신의 컵에도 술을 더 따르고는,

"건배!"

목쉰 소리로 낮게 말했다.

두 개의 컵이 힘없이 부딪쳐 쨍 하는 슬픈 소리가 났다.

기요틴 기요틴 슈르슈르슈, 하고 누군가 말하면 거기에 맞

춰 또 한 사람이 기요틴 기요틴 슈르슈르슈, 그리고 쨍, 소리 나게 컵을 맞부딪치고 꿀꺽 마신다. 기요틴 기요틴 슈르슈르슈, 기요틴 기요틴 슈르슈르슈, 여기저기서 엉터리 노래가 튀어나오고 분주히 컵을 부딪치고 건배한다. 그런 우스꽝스러운 리듬으로 흥을 돋우어 억지로 술을 목구멍으로 흘려 넣는 것 같았다.

"이만, 실례." 하고 비틀거리며 돌아가는 사람이 있는가 하면, 다시 새로운 손님이 슬며시 들어와 우에하라 씨에게 잠깐 인사만 건네고 좌중에 끼어든다.

"우에하라 씨, 바로 거기, 우에하라 씨, 바로 거기, '아아아'라는 부분 말인데요, 거기는 어떤 식으로 하는 게 좋을까요? '아, 아, 아'입니까? '아아, 아'입니까?"

몸을 쑥 내밀고 묻는 사람은, 무대에 선 그 얼굴을 나도 분명히 기억하는 신극 배우 후지타(藤田)다.

"'아아, 아'라네. '아아, 아, 지도리 술은 너무 비싸.' 하는 식이지."

우에하라 씨의 말.

"만날 돈 얘기."

아가씨의 말.

"참새 두 마리에 1전이면 비싼가요, 싼가요?"

젊은 신사의 말.

"'호리(毫釐)라도 남김이 없이 다 갚기 전에는'[47]이라는 말

---

47) 「마태복음」, 5장 26절.

도 있고, '하나에게는 금 다섯 달란트를, 하나에게는 두 달란 트를, 하나에게는 한 달란트를'⁴⁸⁾ 같은 엄청 까다로운 비유도 있으니, 그리스도도 계산이 무척 깐깐해."

다른 신사의 말.

"게다가 그 작자는 술꾼이었어. 묘하게 성경에는 술을 비유한 말씀이 많다 싶었는데 아니나 다를까, '보라, 술을 즐기는 자'라고 비난받았다고 성경에 기록되어 있거든. 술을 마시는 자가 아니라 술을 즐기는 자라 했으니 상당한 술꾼인 게 틀림없어. 뒷술로 마신 거야."

또 다른 한 신사의 말.

"그만해, 그만해. 아아, 아, 그대들은 도덕에 겁먹고 예수를 핑계 삼으려 하는도다. 지에짱, 마시자고. 기요틴 기요틴 슈르 슈르슈."

우에하라 씨는 가장 어리고 아름다운 아가씨와 쨍 하고 컵을 세게 부딪치고 꿀꺽 마셨다. 술이 입가로 흘러내려 턱이 젖자, 막무가내로 거칠게 손바닥으로 훔치고는 요란한 재채기를 대여섯 번 연거푸 했다.

나는 살짝 일어나 옆방으로 가서 환자처럼 창백하게 야윈 여주인에게 화장실을 묻고, 다시 돌아오면서 그 방을 지나는데 아까 본 가장 예쁘고 어린 지에짱이라는 아가씨가 나를 기다렸다는 듯 서 있었다.

"시장하지 않아요?"

---

48) 「마태복음」, 25장 15절.

사근사근하게 웃으며 물었다.

"네, 그런데 전, 빵을 가져 왔어요."

"아무것도 없지만."

환자 같은 여주인은 나른한 듯 비스듬히 화로에 기대어 앉은 채 말했다.

"이 방에서 식사를 하세요. 저런 술 부대들을 상대하다간 밤새 아무것도 못 먹으니까요. 여기 앉아요. 지에코도 같이."

"이봐요, 기누짱, 술이 없어!"

옆방에서 신사가 외친다.

"네, 네."

대답하며 기누짱이라는 서른 안팎의 세련된 줄무늬 기모노를 입은 종업원이 술병을 쟁반에 열 병 가량 올리고 부엌에서 나타났다.

"잠깐만."

여주인이 불러 세워,

"여기도 두 병."

웃으며 말하고,

"기누짱, 미안하지만 뒷집 스즈야에 가서 우동 두 그릇 빨리 부탁해."

나와 지에짱은 화롯가에 나란히 앉아 손을 쬐었다.

"방석을 깔아요. 추워졌어요. 마실래요?"

여주인은 자신의 찻잔에 술을 따르고, 다른 두 찻잔에도 술을 따랐다.

그리고 우리 세 사람은 말없이 마셨다.

"모두, 술이 세군요."

여주인은 왠지 숙연해진 투로 말했다.

드르륵 바깥문이 열리는 소리가 들리고,

"선생님, 가져왔습니다."

젊은 남자 목소리였다.

"워낙 우리 사장님은 빈틈이 없잖아요. 2만 엔을 졸랐습니다만 겨우 만 엔."

"수표인가?"

우에하라 씨의 목쉰 소리.

"아뇨, 현금입니다. 죄송합니다."

"괜찮아, 영수증을 쓰겠네."

기요틴 기요틴 슈르슈르슈. 건배 노래가 그 사이에도 끊임없이 좌중에 이어지고 있다.

"나오 씨는?"

여주인이 진지한 얼굴로 지에짱에게 물었다. 나는 움찔했다.

"몰라요. 전 나오 씨 감시자가 아니잖아요."

지에짱은 당황하여 애처로이 낯을 붉혔다.

"요즘, 뭔가 우에하라 씨와 안 좋은 일이라도 생긴 거 아냐? 항상 같이 다녔는데."

여주인은 차분히 말했다.

"댄스를 좋아하게 됐다나요. 댄서 애인이라도 생겼을걸요."

"나오 씨는 참, 술에다 또 여자까지, 칠칠치 못하게."

"선생님이 가르친 거죠."

"하지만 나오 씨가 더 나빠. 그런 도련님 쓰레기는……."

"저어……."

나는 미소 지으며 끼어들었다. 잠자코 있다가는 도리어 이 두 사람에게 실례가 된다고 생각했다.

"전, 나오지 누나예요."

여주인은 깜짝 놀란 듯 내 얼굴을 다시 살폈지만 지에짱은 태연히,

"얼굴이 꼭 닮으셨어요. 아까 어둑한 토방에 서 계신 걸 보고 흠칫 놀랐죠. 나오 씬가 하고."

"그렇습니까?"

여주인은 말투를 고쳐,

"이런 누추한 곳을 찾아오시다니. 그런데 우에하라 씨와는 전부터?"

"네, 6년 전에 뵙고……."

말을 잇지 못하고 고개를 숙이자, 눈물이 날 것 같았다.

"다녀왔어요."

종업원이 우동을 가져왔다.

"드세요, 식기 전에."

여주인이 권했다.

"잘 먹겠습니다."

뜨거운 우동에서 올라오는 김에 얼굴을 묻고 후루룩 우동을 먹으며, 나는 지금이야말로 살아 있다는 쓸쓸함의 극한을 맛보고 있다는 느낌이 들었다.

기요틴 기요틴 슈르슈르슈, 기요틴 기요틴 슈르슈르슈, 낮게 읊조리며 우에하라 씨가 우리가 있는 방으로 들어왔다. 내

옆에 털썩 책상다리를 하고 앉아, 말없이 여주인에게 큼직한 봉투를 건넸다.

"이것만으로 나머지를 얼렁뚱땅 넘기면 안 돼요."

여주인은 봉투 속을 보지도 않은 채 화로에 달린 서랍에 집어넣고 웃으며 말했다.

"갖다 주지. 나머지는 내년이야."

"저렇다니까."

만 엔. 그 정도면 전구를 몇 개 살 수 있으려나? 나는 그 정도면 1년을 편히 지낼 수 있다.

아아, 이 사람들은 뭔가 잘못된 거야. 하지만 이 사람들도 내 사랑의 경우와 마찬가지로 이렇게라도 하지 않고서는 살아갈 수 없는지도 모른다. 사람은 이 세상에 태어난 이상, 어떻게 해서든 끝까지 살아야만 한다면, 이 사람들이 끝까지 살기 위한 이런 모습도 미워할 수 없는 게 아닌가. 살아 있다는 것. 살아 있다는 것. 아아, 이 얼마나 버겁고 아슬아슬 숨이 넘어가는 대사업인가!

"어쨌거나." 하고 옆방의 신사가 말한다.

"앞으로 도쿄에서 생활하기 위해선 '안녕하슈'라는 경박스럽기 짝이 없는 인사를 능청스레 할 수 없다면 무지 힘들어. 지금 우리에게 중후하다느니 성실하다느니 그런 미덕을 요구하는 건, 목을 매단 사람의 발을 잡아당기는 격이지. 중후? 성실? 엿 먹으라지. 도저히 그렇게 살아갈 수 없잖은가 말이야. 만약에 안녕하슈를 가볍게 내뱉지 못한다면, 이제 길은 세 가지밖에 없어. 하나는 귀농, 또 하나는 자살, 다른 하나는 기둥

서방.”

“이 가운데 한 가지도 못하는 불쌍한 녀석들에게 마지막 유일한 수단은.” 하고 다른 신사가,

“우에하라 지로에게 빌붙어 퍼마시기.”

기요틴 기요틴 슈르슈르슈, 기요틴 기요틴 슈르슈르슈.

“잘 데가 없겠지?”

우에하라 씨는 낮게 혼잣말처럼 중얼거렸다.

“저 말인가요?”

나는 나에게 대가리를 쳐든 뱀을 의식했다. 적의. 이와 흡사한 감정으로 나는 자신의 몸을 긴장시켰다.

“여럿이 섞여 잘 수 있겠어? 추울 텐데.”

우에하라 씨는 나의 분노에 아랑곳없이 중얼거린다.

“무리예요.” 하고 여주인은 참견하며,

“가엾잖아요.”

쳇, 하고 우에하라 씨는 혀를 차더니,

“그렇담, 이런 델 오지 말았어야지.”

나는 잠자코 있었다. 이 사람은 분명 내 편지를 읽었다. 그리고 누구보다도 나를 사랑하고 있다. 나는 그 사람이 말하는 분위기에서 재빨리 알아챘다.

“도리 없군. 후쿠이(福井) 씨 집에나 부탁해 볼까? 지에짱, 데려가 주겠어? 아니지, 여자들뿐이라 가는 길이 위험해. 성가시게 됐군. 아주머니, 이 사람의 신발을 몰래 부엌 쪽으로 갖다 줘요. 내가 바래다 주고 올 테니까.”

밖은 한밤중이었다. 바람은 다소 누그러지고 하늘에 별이

총총 빛났다. 우리는 나란히 걸으며,

"전, 여럿이 섞여서라도 잘 수 있어요."

우에하라 씨는 졸린 소리로,

"응."

그뿐이었다.

"단둘이 있고 싶었던 거죠? 그렇죠?"

내가 그렇게 말하고 웃자 우에하라 씨는,

"이래서 밉다니까."

입술을 일그러뜨리며 쓴웃음을 지었다. 나는 나 자신이 무척 귀염받고 있다는 걸 사무치게 의식했다.

"엄청 술을 드시더군요. 매일 밤 그런가요?"

"그래, 매일. 아침부터."

"맛있어요? 술이?"

"맛없어."

그렇게 말하는 우에하라 씨의 목소리에, 나는 어쩐지 오싹했다.

"일은?"

"잘 안 돼. 무얼 써 봐도 시시하고, 그냥 괜히 슬퍼 죽겠어. 목숨의 황혼. 예술의 황혼. 인류의 황혼. 이거 거슬리는데."

"위트릴로.[49]"

나는 거의 무의식적으로 말했다.

---

49) 모리스 위트릴로(Maurice Utrilo, 1883~1955). 프랑스의 화가. 인상주의적인 독특한 화풍으로 파리의 풍경을 그렸다.

"아아, 위트릴로. 아직 살아 있나 보더군. 알코올의 망자(亡者). 시체. 최근 10년간 그 작자의 그림은 도무지 저속하고 모두 엉터리."

"위트릴로만 그런 게 아니겠죠? 다른 대가들도 전부……."

"그래, 쇠약해졌지. 하지만 새로운 싹도 새싹 그대로 쇠약해. 서리. 프로스트. 온 세계에 때아닌 서리가 내린 것 같아."

우에하라 씨가 내 어깨를 가볍게 감싸 안아 내 몸은 우에하라 씨의 망토 소매에 푹 싸이고 말았는데, 나는 뿌리치지 않고 오히려 바짝 달라붙어 천천히 걸었다.

가로수 나뭇가지. 이파리 한 닢 없는 가지가 뾰족하니 밤하늘을 찌를 것 같았다.

"나뭇가지가 아름다워요."

나도 모르게 혼잣말처럼 속삭이자,

"응. 꽃과 새까만 가지의 조화가."

조금 당황한 듯 말했다.

"아니에요, 전, 꽃도 잎도 싹도 아무것도 없는 이런 나뭇가지가 좋아요. 이래도 용케 살아 있답니다. 마른 가지와는 달라요."

"자연만은 쇠약을 모른다?"

그렇게 말하고 다시 요란한 재채기를 몇 번이고 연거푸 했다.

"감기 아니에요?"

"아니, 아니, 그게 아니고. 실은 말이야, 이건 내 기벽인데, 술의 취기가 포화점에 도달하자마자 이렇게 재채기가 터져 나와. 취기의 바로미터인 셈이지."

"사랑은?"

"응?"

"누군가 있어요? 포화점에 근접한 사람이?"

"뭐야, 놀리면 못써. 여자는 다 똑같아. 너무 까다로워. 기요틴 기요틴 슈르슈르슈, 실은 한 사람, 아니 반(半) 사람 정도 있지."

"제 편지, 읽었어요?"

"읽었어."

"답장은?"

"난, 귀족은 싫어. 아무래도 어딘가 오만한 구석이 있어서 역겨워. 당신 동생 나오지도 귀족치고는 꽤 괜찮은 남자지만, 가끔 어쩌다 도저히 상대하기 힘들 만큼 건방지게 굴거든. 나는 시골 농부의 아들이라, 이런 개울가를 지날 때면 어김없이 어릴 적 고향 개울에서 붕어를 낚고 송사리를 잡던 일들이 생각나서 정말 그리워."

어둠 밑바닥에서 희미하게 소리를 내며 흐르는 개울을 따라 이어진 길을 우리는 걸었다.

"하지만 당신들 귀족은 그런 우리의 감상을 절대로 이해할 수 없을 뿐만 아니라, 경멸하지."

"투르게네프[50]는?"

"그 작자는 귀족이야. 그래서 싫어."

"하지만 『엽인 일기』[51]……."

---

50) 이반 세르게이비치 투르게네프(I. S. Turgenev, 1818~1883). 러시아의 소설가. 부유한 지주 가정에서 태어났지만 농노제를 반대하고 혁명을 옹호했다.

51) 제정 러시아 시대, 중부 러시아의 자연을 배경으로 농노의 생활과 인간성

"응, 그것만은 좀 훌륭해."

"그건 농촌 생활의 감상(感傷)……."

"그 녀석은 시골 귀족, 이쯤에서 타협할까?"

"저도 이젠 시골 사람이에요. 밭일을 하거든요. 시골 가난뱅이."

"지금도 날 좋아하나?"

난폭한 말투였다.

"내 아이를 갖고 싶나?"

나는 대답하지 않았다.

바위가 굴러 떨어지는 기세로 그 사람의 얼굴이 다가왔고, 다짜고짜 나는 키스를 당했다. 성욕이 물씬 풍기는 키스였다. 나는 키스를 받으며 눈물을 흘렸다. 굴욕적인, 분해서 흘리는 쓰디쓴 눈물이었다. 눈물은 멈출 줄 모르고 넘쳐흘렀다.

다시 둘이서 나란히 걸으며,

"낭패로군. 반했어."

그 사람은 말하고 나서 웃었다.

하지만 나는 웃을 수 없었다. 눈썹을 찌푸리고 입술을 오므렸다.

어쩔 수 없어.

말로 표현하자면 그런 느낌이었다. 나는 자신이 게다를 질질 끌며 꼴사납게 걷고 있다는 걸 깨달았다.

"낭패로군."

을 풍부하게 묘사한 25편의 단편집.

그 남자는 다시 말했다.

"가는 데까지 가 볼까?"

"거슬려요."

"이 녀석."

우에하라 씨는 내 어깨를 툭, 주먹으로 치고는 또다시 요란하게 재채기를 했다.

후쿠이 씨라는 분의 댁은 이미 모두가 잠자리에 든 기색이었다.

"전보, 전보! 후쿠이 씨, 전보예요!"

큰 소리로 부르며 우에하라 씨는 현관문을 두드렸다.

"우에하라?"

집 안에서 남자 목소리가 났다.

"보나마나. 프린스와 프린세스가 하룻밤 잠자리를 부탁하러 왔네. 이렇게 추워서야 재채기만 나오니, 모처럼의 사랑 행각도 코미디가 따로 없어."

현관문이 안에서 열렸다. 얼추 쉰을 족히 넘긴 듯하고 머리가 벗어진 작달막한 아저씨가 화려한 파자마를 입고, 묘하게 수줍은 미소로 우리를 맞이했다.

"부탁하네."

우에하라 씨는 한마디 던지고 망토도 벗지 않은 채 성큼 집 안으로 들어가더니,

"아틀리에는 추워서 안 돼. 2층을 빌리겠네. 이리 와요."

내 손을 잡고 복도 끝에 있는 계단을 올라가더니 어두운 방으로 들어가서 구석의 스위치를 소리 나게 켰다.

“요릿집 방 같아요.”

“응, 벼락부자 취향이지. 하지만 저런 엉터리 화가한테는 아까워. 악운이 강해서 재난도 안 당해. 마음껏 이용할 밖에. 이제 자야지, 자야지.”

자기 집인 양 멋대로 벽장을 열어 이불을 꺼내 깔고,

“여기서 자요. 난 돌아갈게. 내일 아침에 데리러 오지. 화장실은 계단을 내려가 바로 오른쪽이야.”

우당탕탕, 계단에서 굴러 떨어지듯 소란스럽게 밑으로 내려갔다. 그리고 잠잠해졌다.

나는 다시 스위치를 돌려 전등을 끄고, 아버지가 외국에서 사다 주신 천으로 만든 우단 코트를 벗고, 허리띠만 풀어 기모노를 입은 채 잠자리에 들었다. 피곤한 데다 술을 마신 탓인지 몸이 나른해 금세 잠들었다.

어느 틈엔지 그 사람이 내 곁에 누워 있고……. 나는 한 시간 남짓 필사적으로 무언의 저항을 했다.

문득 가여워져 포기했다.

“이렇게 하지 않고는 안심이 안 되는 거죠?”

“그런 셈이야.”

“당신, 몸이 안 좋은 거 아니에요? 각혈하신 거죠?”

“어떻게 알지? 실은 요전에 상당히 심하게 했는데 아무한테도 알리지 않았어.”

“어머니가 돌아가시기 전하고 똑같은 냄새가 나요.”

“죽을 작정으로 마시고 있어. 살아 있다는 게 슬퍼서 견딜 수 없어. 외롭다느니 쓸쓸하다느니 그런 한가로운 게 아니고,

슬퍼. 음침한 탄식의 한숨이 사방 벽에서 들려올 때, 자신들만의 행복 따위 있을 리가 없잖아? 자신의 행복도 영광도 살아 있는 동안엔 결코 없다는 걸 알았을 때, 사람은 어떤 기분일까? 노력. 그런 건 그저 굶주린 야수의 먹잇감이 될 뿐이지. 비참한 사람이 너무 많아. 거슬리나?"

"아뇨."

"사랑뿐이야. 자네가 편지에 쓴 그대로지."

"그래요."

나의 그 사랑은, 사라지고 없었다.

날이 밝았다.

방이 희미하게 밝아져, 나는 옆에 누운 그 사람의 잠든 얼굴을 유심히 바라보았다. 머지않아 죽을 것 같은 사람의 얼굴이었다. 지칠 대로 지친 얼굴이었다.

희생자의 얼굴. 숭고한 희생자.

나의 사람. 나의 무지개. 마이 차일드. 미운 사람. 약은 사람.

이 세상에 다시없을 정도로 너무너무 아름다운 얼굴인 양여겨지고 사랑이 되살아난 것 같아 가슴이 두근거렸다. 그 사람의 머리카락을 어루만지며 나는 키스를 했다.

슬프고도 슬픈 사랑의 성취.

우에하라 씨는 눈을 감은 채 나를 끌어안고,

"원래 삐딱했어. 난 농부의 자식이니까."

이제 이 사람과는 헤어지지 않으리라.

"전, 지금 행복해요. 사방의 벽에서 탄식하는 소리가 들려와도, 지금 제 행복감은 포화점이에요. 재채기가 날 만큼 행복해요."

우에하라 씨는 후후 웃으며,

"하지만 이미 늦었어. 황혼이야."

"아침이에요."

동생 나오지는 그날 아침, 자살했다.

7

나오지의 유서.

누나.

안 되겠어. 먼저 갑니다.

난 내가 왜 살아야 하는지, 그걸 도무지 알 수 없어요.

살고 싶은 사람만 살면 돼요.

인간에게는 살 권리가 있는 것과 마찬가지로 죽을 권리도 있을 테죠.

나의 이런 생각은 전혀 새로울 게 없고 너무나 당연해서 그야말로 근원적인 사실인데도, 사람들은 이상하게 두려워하면서 분명하게 대놓고 말하지 않을 뿐입니다.

살고 싶은 사람은 무슨 수를 써서라도 반드시 씩씩하게 살아남아야 하고, 이는 멋진 일이며 인간의 명예라는 것도 틀림없이 여기에 있겠지만 죽는 것 또한 죄가 아니라고 생각합니다.

나는, 나라는 풀은 이 세상의 공기와 햇빛 속에서 살기 힘듭니다. 살아가는 데에 뭔가 한 가지, 결여되어 있습니다. 부족합니다. 지금껏 살아온 것도 나로선 안간힘을 쓴 겁니다.

나는 고등학교에 들어가 내가 자란 계급과 완전히 다른 계급에서 자란 튼튼하고 억센 풀 같은 친구들과 처음 사귀었습니다. 그 기세에 짓눌려 지지 않으려고 마약을 하면서 거의 미치광이가 되다시피 저항했습니다. 그러고 나서 군인이 되었고 역시 그곳에서도 살아남는 마지막 수단으로 아편을 사용했습니다. 누나는 이런 내 기분을 알 수 없겠지요.

나는 천박해지고 싶었습니다. 강인하게, 아니 난폭해지고 싶었습니다. 그리고 그것이 소위 민중의 벗이 될 수 있는 유일한 길이라고 생각했습니다. 술 정도로는 도저히 안 되겠더군요. 늘 어찔어찔 현기증을 느끼고 있어야만 했습니다. 그러자면 마약 외에는 없었습니다. 나는 집을 잊어야 한다. 아버지의 피에 반항해야 한다. 어머니의 상냥함을 거부해야 한다. 누나에게 차갑게 대해야 한다. 그렇지 않으면 민중의 방에 들어갈 입장권을 얻을 수 없다고 생각했습니다.

나는 천박해졌습니다. 천박한 말투를 쓰게 되었습니다. 하지만 그건 절반, 아니 60퍼센트는 가엾게도 임시 땜질에 불과했습니다. 서툰 기교였습니다. 민중에게 나는 여전히 아니꼽게 잰척하는 갑갑한 남자였습니다. 그들은 나하고 진심을 터놓고 놀아 주지 않았습니다. 하지만 그렇다고 새삼스레 뛰쳐나온 살롱으로 돌아갈 수도 없습니다. 이제 나의 천박함은 설사 60퍼센트가 인공적인 임시 땜질이라 해도, 나머지 40퍼센트는 진짜로 천박해졌습니다. 나는 소위 상류 살롱의 역겨운 고상함에는 구역질이 나서 1분 1초도 참을 수 없는 데다, 그 훌륭하신 어른들이나 지체 높으신 분들도 나의 못된 행실에 질려 당장 내쫓을 테지요. 뛰쳐나온 세계로 돌아갈 수도 없고, 민중은 악의에 가득 차서 마음에도 없는 방청석을 겨우 내줄 뿐입니다.

어느 세상에서건 나처럼 생활력이 약하고 결함 있는 풀은, 사상이나 무엇도 없이 그저 스스로 소멸해 갈 뿐인 운명인지도 모르겠습니다. 그러나 내게도 조금은 할 말이 있습니다. 도저히 내가 살아가기 힘든 사정을 느끼고 있습니다.

인간은 모두 다 똑같다.

이것이 도대체, 사상일까요? 나는 이 신기한 말을 발명한 사람은 종교인도 철학자도 예술가도 아니라고 생각합니다. 민중의 주점에서 솟아난 말입니다. 구더기가 끓듯이 어느 틈엔가, 누가 먼저 말했다 할 것도 없이 부글부글 끓어올라 전 세계를 뒤덮고 세계를 불편하게 만들었습니다.

이 신기한 말은 민주주의 또는 마르크시즘과도 전혀 무관합니다. 그건 틀림없이 주점에서 못생긴 남자가 미남자를 향해 내뱉은 말입니다. 단순한 초조감입니다. 질투입니다. 사상이고 뭐고 있을 리 없습니다.

그런데 그 주점에서의 질투어린 고함이 묘하게 사상다운 표정으로 민중 속을 누비고 다니면서 민주주의나 마르크시즘과 전혀 무관한 말인데도 어느 틈엔가 정치사상이며 경제사상에 얽혀 들어 엉뚱하게 비열해지는 형편이 되어 버렸습니다. 메피

스토[52]인들, 이런 터무니없는 발언을 사상으로 바꿔 치는 묘기는, 차마 양심에 부끄러워 주저했을지도 모릅니다.

인간은 모두 다 똑같다.

이 얼마나 비굴한 말인가요? 남을 업신여기는 동시에 자신마저 업신여기고, 아무런 자부심도 없이 모든 노력을 포기하게 만드는 말. 마르크시즘은 노동하는 자의 우위를 주장합니다. '다 똑같다.'라고는 하지 않습니다. 민주주의는 개인의 존엄을 주장합니다. '다 똑같다.'라고는 하지 않습니다. 오직 유곽의 호객꾼만 그렇게 말합니다. "헤헤헤, 아무리 잘난 척해 봤자, 똑같은 인간 아닌가?"

어째서 똑같다고 하는가. '월등히 낫다.'라고 말하지 못하는가. 노예근성의 복수.

하지만 이 말은 참으로 외설스럽고 불쾌해, 사람들이 서로 겁먹고 모든 사상이 능욕당하고 노력이 조소당하고 행복이 부정되고 미모가 더럽혀지고 영광이 바닥으로 떨어졌습니다. 소위 '세기의 불안'은 이 신기한 한마디에서 나왔다고 나는 생각합니다.

언짢은 말이라고 생각하면서도 나 역시 이 말에 협박당하고 겁먹고 떨며 무얼 해 봐도 쑥스럽고 연신 불안하고 두근두근 몸 둘 바를 몰라, 차라리 술이나 마약의 현기증에 의지해 한순간의 안정을 얻고 싶어, 그만 엉망진창이 되고 말았습니다.

허약한 탓이지요. 어딘가 한 가지 중대한 결함이 있는 풀이

---

52) 괴테의 『파우스트』에서 주인공 파우스트를 유혹하는 악마의 이름.

겠지요. 또 뭔가 그럴싸한 핑계를 대어 봤자, '흥! 워낙 노는 걸 좋아했어. 게으름뱅이에다 색골에, 못 말리는 방탕아야.'라고 그 호객꾼이 코웃음 치며 말할지도 모릅니다. 그리고 나는 그런 말을 듣고도 지금까지는 그저 쑥스러워 애매하게 수긍했지만, 나도 죽음을 앞두고 한마디, 항의라도 해 보고 싶습니다.

누나.

믿어 주세요.

나는 놀면서도 전혀 즐겁지 않았습니다. 쾌락의 불감증인지도 모릅니다. 나는 다만 귀족이라는 자신의 그림자를 벗어나고 싶어 몸부림치며 놀았고 황폐해졌습니다.

누나.

대체 우리에게 죄가 있는 걸까요? 귀족으로 태어난 것은 우리의 죄일까요? 오직 그런 집안에 태어났다는 이유만으로 우리는 영원히, 이를테면 유다의 인척들처럼 굽실거리고 사죄하고 부끄러워하며 살아야 하다니.

나는 좀 더 일찍 죽었어야 합니다. 그러나 단 한 가지, 어머니의 애정. 그것을 생각하면 죽을 수 없었어요. 인간은 자유롭게 살 권리를 가진 것과 마찬가지로 언제든지 마음대로 죽을 수 있는 권리도 가졌지만, '어머니'가 살아 계시는 동안 죽음의 권리는 유보되어야 한다고 나는 생각했습니다. 그건 동시에 '어머니'마저 죽이고 마는 일이니까요.

이젠 더 이상 내가 죽더라도 몸이 상하도록 슬퍼해 줄 사람도 없고, 아니에요, 누나, 난 알고 있습니다. 나를 잃은 당신들의 슬픔이 어느 정도인지. 아니, 거짓 감상은 그만하죠, 당신들은 내 죽음을 알면 틀림없이 눈물을 흘릴 테지만 나의 고통스런 삶과 그 지긋지긋한 삶에서 완전히 해방된 나의 기쁨을 생각해 준다면, 당신들의 그 슬픔은 차츰 지워질 거라고 여깁니다.

나의 자살을 비난하고 그래도 끝까지 살았어야 했다고 하면서 내게 아무런 도움도 주지 않은 채 의기양양한 얼굴로 혀끝으로만 비난하는 사람은, 폐하에게 과일 가게를 해 보시라고 태연히 권할 만큼 대단한 인물임에 틀림없습니다.

누나.

나는 죽는 게 낫습니다. 내겐 소위 생활 능력이 없습니다. 돈 때문에 남과 다툴 힘이 없습니다. 나는 남을 우려먹을 수조차 없습니다. 우에하라 씨와 어울려 놀 때도 내 몫의 계산은 늘 내가 지불했습니다. 우에하라 씨는 그걸 귀족의 쩨쩨한 프라이드라며 무척 싫어했지만, 나는 프라이드로 지불한 게 아니라, 우에하라 씨가 일을 해 얻은 돈으로 내가 허투루 먹고 마시고 여자를 안는다는 것이 두려워 도저히 그럴 수 없었습니다. 우에하라 씨의 일을 존경하니까, 하고 딱 잘라 말하는 것도 거짓말이고 실은 나도 확실히 알지 못합니다. 그저 남한테 얻어먹는다는 것이 왠지 두렵습니다. 더구나 그 사람 자신의 재능 하나로 얻은 돈으로 대접받는다는 것이 너무나 괴롭고 마음 아픕니다.

그래서 막무가내로 집에서 돈이며 물건들을 들고 나오는 통에 어머니와 누나를 슬프게 했고 나 자신도 전혀 즐겁지 않고, 출판업을 계획한 것도 그저 쑥스러움을 감추기 위한 방편이었을 뿐 실은 눈곱만큼도 진심이 아니었습니다. 진심이었다고 한들 남한테 얻어먹는 것조차 불편해 하는 사내에게 돈벌이가 애당초 불가하다는 것쯤은, 아무리 내가 어리석어도 파악하고 있습니다.

누나.

우리는 빈털터리가 되고 말았습니다. 살아 있는 동안은 남을 대접하고 싶었는데, 이제 남한테 대접받지 않고서는 살아갈 수 없게 되었습니다.

누나.

그런데도 어째서 내가 살아 있어야 한단 말인가요? 이젠 안 되겠어. 난 죽습니다. 편하게 죽을 수 있는 약이 있습니다. 군대에 있을 때 마련해 두었습니다.

누나는 아름답고(나는 아름다운 어머니와 누나가 자랑스러웠습니다.) 현명하니까, 나는 누나에 대해선 아무것도 걱정하지 않습니다. 걱정할 자격조차 내겐 없습니다. 도둑이 피해자의 신상을 염려하는 격이라 낯이 붉어질 따름입니다. 분명 누나는 결혼해서 아이를 낳고 남편을 의지하면서 끝까지 살아 나갈 거라고 나는 생각합니다.

누나.

내게, 한 가지 비밀이 있습니다.

오래도록 숨기고 숨겨, 전쟁터에서도 오로지 그 사람만 생각하고 그 사람의 꿈을 꾸고 잠에서 깨어 울먹인 적이 몇 번이었는지 모릅니다.

그 사람의 이름은 도저히 아무에게도, 입이 비뚤어져도 말할 수 없습니다. 나는 곧 죽으니까 적어도 누나한테만은 분명히 말해 둘까 생각했지만, 역시 아무래도 두려워서 그 이름을 말할 수 없습니다.

하지만 내가 그 비밀을 절대 비밀인 채 결국 이 세상 누구에게도 털어놓지 않고 가슴속에 묻고 죽는다면, 내 몸이 화장되더라도 가슴 한구석이 다 못 타고 비릿하게 남을 것 같아 안절부절못하겠으니, 누나한테만 에둘러서, 어렴풋이 픽션처럼 알려둡니다. 픽션이라고는 해도 누나는 틀림없이 그 상대가 누구인지 금세 눈치를 챌 겁니다. 픽션이라기보다 단지 가명을 사용하는 정도의 속임수니까요.

누나는 아시려나?

누나는 그 사람을 아실 테지만, 아마도 만난 적은 없겠지요. 그 사람은 누나보다 약간 연상입니다. 쌍꺼풀이 없고 눈꼬리가 치켜 올라간 눈, 한 번도 파마한 적 없는 생머리를 언제나 바싹 뒤로 당겨 묶은 수수한 머리 모양에다 참으로 초라한 차림이지만 그렇다고 후줄근한 품새는 아니고 늘 단정하고 깔끔합니다. 그 사람은 전후에 새로운 터치의 그림을 잇달아 발표해 갑자기 유명해진 어느 중년 서양화가의 부인입니다. 그 화가의 행실은 대단히 거칠고 난폭한데도, 부인은 아무런 내색도 않고 언제나 부드러운 미소를 띠고 있습니다.

내가 자리에서 일어나며,

"그럼, 이만 가 보겠습니다."

그러자 그 사람도 일어나 아무런 경계심도 없이 내 곁으로 다가와 내 얼굴을 쳐다보며,

"왜죠?"

평소의 목소리로 묻고는 정말로 의아한 듯 고개를 갸우뚱하

고, 잠시 내 눈을 응시했습니다. 그리고 그 사람의 눈에는 어떤 사심이나 허식이 없었습니다. 나는 여자와 시선이 마주치면 으레 허둥지둥 시선을 피하고 마는데 그때만은 털끝만큼도 수줍어하지 않았고, 거의 코가 맞닿을 간격을 둔 채 60초 혹은 더 오래 아주 기분 좋게 그 사람의 눈동자를 들여다보다 그만 미소 짓고 말았습니다.

"그래도……."

"곧 오실 거예요."

여전히 진지한 표정으로 말했습니다.

정직함이란 이런 느낌의 표정을 말하는 게 아닐까, 하고 문득 생각했습니다. 정직이라는 단어로 표현된 본래의 미덕은 도덕 교과서처럼 엄격한 게 아니라, 이처럼 사랑스러운 게 아닐까 생각했습니다.

"또 오겠습니다."

"그래요."

처음부터 끝까지 죄다 대수로울 것 없는 대화입니다. 내가 어느 여름날 오후, 그 서양화가의 아파트를 방문했고 화가는 외출 중이었는데, 금방 돌아올 테니까 들어와서 기다리겠어요? 하고 묻는 부인의 말을 따라 방으로 들어가 30분쯤 잡지 따위를 읽다가, 아무래도 곧 돌아올 것 같지 않기에 자리에서 일어나 집을 나왔다는 것뿐입니다. 하지만 나는 그날 그때, 그 사람의 눈동자에 아픈 사랑을 하고 말았습니다.

고귀함이라고 말할 수 있을지. 내 주변의 귀족 가운데 어머니를 제외하고 그토록 경계심 없고 '정직'한 눈을 지닌 사람이 한 명도 없었다는 사실만은 단언할 수 있습니다.

그리고 나는 어느 겨울 저물녘, 그 사람의 옆모습에 가슴이 찡해진 적이 있습니다. 역시나 그 화가의 아파트에서 화가의 술 동무가 되어 고다쓰[53]에 들어가 아침부터 술을 마시고 화가와 함께 일본의 소위 문화인들을 마구 깎아내리며 한바탕 웃었습니다. 이윽고 화가는 쓰러져 요란하게 코를 골며 곯아떨어지고 나도 누워 막 잠이 들었는데 포근한 담요가 덮이기에 살짝 눈을 떠 보니, 도쿄의 겨울 저녁 하늘은 푸르스름하니 맑았고, 부인은 따님을 안은 채 아파트 창가에 무심히 걸터앉아 있었습니다. 부인의 단정한 옆모습이 저 멀리 푸르스름한 저녁 하늘을 배경으로 마치 르네상스 시대의 초상화처럼 선명하게 윤곽을 드러냈습니다. 내게 살포시 담요를 덮어 준 친절은 어떤 유혹이나 욕망이 아니었습니다. 아아, 휴머니티라는 단어는 바로 이런 경우에 사용되어 소생하는 말이 아닐까. 사람이 지닌 쓸쓸한 동정심이 거의 무의식적으로 우러나왔듯이, 그림을 빼닮은 고요함을 띠고 저 멀리 바라보고 있었습니다.

나는 눈을 감았습니다. 애타게 사모하여 미쳐 버릴 것 같았습니다. 뜨거운 눈물이 넘쳐흘렀고 담요를 머리까지 뒤집어써 버렸습니다.

누나.

내가 그 서양화가의 집에 놀러 간 것은, 처음에는 그 화가의

---

53) 고다쓰(炬燵). 탁자 아래 화로를 넣고 이불을 덮어 사용하는 일본 전통 난방 기구.

작품이 지닌 독특한 터치와 깊숙이 감춰진 열광적인 정열에 취한 탓이었습니다. 하지만 교제가 깊어질수록 그 사람의 몰상식, 엉터리, 지저분함에 정나미가 떨어진 반면에 그 사람 부인의 아름다운 심성에 이끌려, 아니 올바른 애정을 품은 사람이 마냥 그리워 부인의 모습을 한번 보고 싶은 마음에 그 화가의 집에 놀러 가게 되었습니다.

그 서양화가의 작품에 조금이라도 예술의 고귀한 향기라 할 만한 게 나타나 있다면, 그것은 부인의 상냥한 마음의 반영이 아닐까 하는 생각마저 저는 새삼 해 봅니다.

이제야 나는 느낀 그대로 분명히 말하지만, 그 화가는 그저 술꾼에다 건달이며 교묘한 장사꾼입니다. 유흥비가 필요해서 멋대로 캔버스에 물감을 처바르고 유행의 흐름을 좇아 거들먹거리며 비싸게 팔아넘깁니다. 그 사람이 가진 거라고는 촌놈의 뻔뻔스러움, 같잖은 자신감, 교활한 상술뿐입니다.

필시 그 사람은 외국인이건 일본인이건 다른 사람의 그림을 전혀 이해하지 못하겠지요. 그뿐 아니라 자신의 그림조차도 무엇을 그렸는지 이해하지 못하겠지요. 오직 유흥비를 마련하려고 정신없이 물감을 캔버스에 처바를 뿐입니다.

게다가 깜짝 놀랄 일은, 그 사람이 자신의 그런 엉터리 그림에 아무런 의혹도 수치심도 공포감도 갖고 있지 않다는 사실입니다.

무턱대고 의기양양할 뿐입니다. 어차피 자신이 직접 그린 그림조차 이해하지 못하는 사람이니, 타인의 작업이 좋은지 어떤지 이해할 턱이 없고 처음부터 끝까지 혹평.

다시 말해 그 사람의 데카당 생활은 입으로는 이러쿵저러쿵 괴로운 척 늘어놓지만, 사실은 얼뜨기 촌놈이 일찍이 동경하던 도시로 나와 자신도 미처 예상치 못한 성공을 거두고 우쭐거리며 놀아먹는 것뿐입니다.

언젠가 내가,

"친구들이 모두 빈둥대며 놀 때 나 혼자만 공부하는 게 멋쩍고 두려워 도저히 그럴 수 없어서, 전혀 놀고 싶지 않아도 한데 어울려 놉니다."라고 하자 그 중년 서양화가는,

"엉? 그게 귀족 기질이라는 건가? 역겹군. 나는 남이 놀고 있는 걸 보면 나도 안 놀면 손해다 싶어 실컷 논다네." 하고 태연스레 대답했는데, 나는 그때 그 서양화가를 진심으로 경멸했습니다. 이 사람의 방탕에는 고뇌가 없다. 오히려 흥청망청 놀음을 자랑으로 여긴다. 진짜 멍청한 방탕아.

하지만 이 서양화가에 대해 이런저런 험담을 더 늘어놓아 봤자 누나한테는 아무 상관없는 일이고, 나도 곧 죽는 마당에 역시 그 사람과의 오랜 교제를 생각하면 그립고 다시 한번 만나 어울려 놀고 싶은 충동조차 느낍니다. 전혀 미워하지도 않아요. 그 사람 역시 외롭고 장점을 많이 갖고 있으니 더 이상 아무 말도 하지 않겠습니다.

다만 내가 그 사람의 부인을 사모하여 어쩔 줄 몰라 괴로웠다는 사실만을 누나가 알아 주면 됩니다. 그러니까 누나는 이 사실을 알았더라도 굳이 누군가에게 호소하여 동생이 생전에 품었던 연정을 이루게 해 준다거나 그런 쓸데없는 참견을 할 필요는 절대 없습니다. 누나 혼자만 알고 속으로 아아, 그랬었구

나, 하고 생각해 주면 그걸로 충분합니다. 좀 더 욕심을 부린다면 나의 이런 부끄러운 고백으로 인해, 적어도 누나만이라도 지금까지의 내 생명의 고통을 한결 깊이 이해해 준다면 나는 무척 기쁘겠습니다.

나는 언젠가 부인과 손을 맞잡는 꿈을 꾸었습니다. 그리고 부인도 오래전부터 나를 좋아했다는 사실을 알았고, 꿈에서 깨어나서도 내 손바닥에 부인의 손가락 온기가 남아 있었습니다. 나는 이제 그것만으로 만족했고, 단념하리라 마음먹었습니다. 도덕이 두려웠던 것이 아니라 나는 그 반쪽 미치광이, 아니 거의 미치광이나 다름없는 그 서양화가가 너무나 두려웠습니다. 단념하자고 마음먹고 가슴의 불길을 딴 데로 돌리려고 닥치는 대로, 심지어 그 화가도 어느 날 밤 인상을 찌푸렸을 정도로 볼썽사납게 미친 듯이 여러 여자들과 놀아났습니다. 어떻게 해서든 부인의 환상에서 벗어나 잊어버리고, 아무것도 아니길 바랐습니다. 하지만 실패. 나는 결국 한 여자만을 사랑할 수밖에 없는 남자입니다. 나는 분명히 말할 수 있습니다. 나는 부인 이외의 다른 여자 친구를 한 번도 아름답다거나 안쓰럽게 느낀 적이 없습니다.

누나.

죽기 전에 단 한 번만 쓸게요.

……스가짱.

그 부인의 이름입니다.

내가 어제 전혀 좋아하지도 않는 댄서(이 여자에겐 본질적으로 멍청한 구석이 있습니다.)를 데리고 산장에 온 것은, 설마 오늘 아침 죽을 생각으로 찾아온 게 아닙니다. 언젠가 조만간 반드시 죽을 작정이긴 했어도, 어제 여자를 데리고 산장에 온 것은 여자가 여행을 졸라대는 데다, 나도 도쿄에서 노는 데 지쳐 이 멍청한 여자와 이삼일 산장에서 쉬는 것도 나쁘지 않겠다 싶어서입니다. 누나에겐 조금 체면을 구겼지만 아무튼 이곳으로 함께 와 보니, 누나는 도쿄의 친구 집에 간다며 외출했고, 그때 문득 내가 죽는다면 지금이다, 하고 생각했습니다.

나는 예전부터 니시카타초의 집 안방에서 죽고 싶다고 생각했습니다. 길가나 들판에서 죽어, 구경꾼들에게 시체가 한낱 노리갯감이 되는 것은 도저히 싫었습니다. 하지만 니시카타초의 그 집이 남의 손에 넘어가고 이제 이 산장에서 죽는 수밖에 없겠구나 싶었는데, 내 자살을 맨 먼저 발견하는 건 누나일 테고, 누나가 그때 얼마나 충격을 받고 공포에 떨게 될지를 생각하면, 누나와 단 둘뿐인 밤에 자살하는 건 마음이 무거워 영 못하겠더군요.

그런데 이 얼마나 좋은 찬스인지! 누나 대신 둔하기 짝이 없는 댄서가 내 자살의 발견자가 되어 주네요.

어젯밤 둘이서 술을 마시고 여자를 2층 방에 눕힌 뒤, 나 혼자 어머니가 돌아가신 아래층 방에 이불을 깔고 이 비참한 수기를 쓰기 시작했습니다.

누나.

내겐 희망의 지반이 없습니다. 안녕.

결국 내 죽음은 자연사입니다. 사람은 사상만으로 죽을 수 있는 게 아니니까요.

그리고 한 가지, 아주 쑥스러운 부탁이 있습니다. 어머니의 유품인 삼베 기모노. 그걸 내년 여름에 내가 입을 수 있게 누나가 수선해 주셨잖아요? 그 기모노를 내 관에 넣어 주세요. 입어 보고 싶었거든요.

날이 밝았습니다. 오래도록 고생만 끼쳤습니다.

안녕.

간밤의 취기는 말끔히 가셨습니다. 나는 맨정신으로 죽습니다.

한 번 더, 안녕.

누나.

나는 귀족입니다.

8

꿈.

모두, 내게서 멀어져 간다.

나오지가 죽고 뒷마무리를 끝낸 뒤 한 달 동안, 나는 겨울 산장에서 혼자 지냈다.

그리고 나는 그 사람에게 어쩌면 이번이 마지막이 될 편지를, 물처럼 무덤덤하니 써 보냈다.

어쩐지 당신도 저를 버리신 모양입니다. 아니, 차츰 잊어 가는 듯합니다.

하지만 전 행복해요. 제가 바라던 대로 아기가 생긴 것 같아요. 저는 지금 모든 걸 잃어버린 느낌이지만, 그래도 배 속의 작은 생명이 제 고독한 미소의 씨앗이 되었습니다.

추잡스러운 실책 따위라고는, 절대 생각하지 않습니다. 이 세상에 전쟁이니 평화니 무역이니 조합이니 정치니 하는 게 무엇 때문에 있는지, 이제야 저도 알게 되었습니다. 당신은 모르실 테지요. 그러니까 늘 불행한 거예요. 그건 말이죠, 가르쳐 드릴게요, 여자가 좋은 아기를 낳기 위해서예요.

전, 처음부터 당신의 인격이나 책임에 대한 기대는 없었습니다. 저의 한결같은 사랑의 모험을 성취하는 것만이 문제였습니다. 그리고 저의 그 바람이 완성된 지금, 이제 제 가슴은 숲속의 늪처럼 고요합니다.

전, 이겼다고 생각합니다.

마리아가 비록 남편의 아이가 아닌 아이를 낳는다 해도 마리아에게 빛나는 긍지가 있다면, 바로 성모자(聖母子)가 되는 것입니다.

저는 낡은 도덕을 태연히 무시하고 좋은 아이를 얻었다는 만족이 있습니다.

당신은 그 후에도 여전히 기요틴 기요틴, 하며 신사들과 아가씨들과 술을 마시고 데카당 생활을 죽 계속하고 있겠지요. 하지만 전, 그걸 그만두라고 말하지는 않겠어요. 그것 역시 당신의 마지막 투쟁의 방식일 테니까요.

술을 끊고 병을 고치고 오래오래 사셔서 훌륭한 일을 하시라는 따위의 그런 속 들여다보이는 빈말을, 저는 더 이상 하고 싶지 않습니다. '훌륭한 일'보다도, 목숨을 내놓고 소위 악덕 생활을 이어 나가는 편이 후세 사람들에게 도리어 감사 인사를 받게 될지도 모르겠습니다.

희생자. 도덕적 과도기의 희생자. 당신도 저도 틀림없이 그러하겠지요.

혁명은, 대체 어디서 일어나고 있을까요? 적어도 우리들 주변에서 낡은 도덕은 여전히 그대로 털끝만큼도 바뀌지 않은 채, 우리의 앞길을 가로막고 있습니다. 바다 표면의 파도가 아무리 요동친들 그 밑바닥의 바닷물은 혁명은커녕 꿈쩍도 않고 자는 척 드러누워 있을 뿐인걸요.

하지만 전, 지금까지의 1회전에서는 낡은 도덕을 아주 조금이나마 몰아낼 수 있었다고 생각합니다. 그리고 이번엔, 태어날 아기와 함께 2회전, 3회전을 싸워 나갈 작정입니다.

사랑하는 사람의 아이를 낳고 키우는 일이, 저의 도덕 혁명의 완성입니다.

당신이 저를 잊는다 해도, 또한 당신이 술로 목숨을 잃는다 해도, 저는 제 혁명의 완성을 위해 꿋꿋하게 살아갈 수 있을 것 같습니다.

당신의 형편없는 인격에 대해 저는 얼마 전에도 어떤 이로부터 낱낱이 들었습니다만, 그래도 제게 이렇듯 강한 힘을 주신 건 당신입니다. 제 가슴에 혁명의 무지개를 걸어 주신 건 당신입니다. 살아갈 목표를 주신 건 당신입니다.

저는 당신을 자랑스럽게 여기고, 또한 태어날 아이도 당신을 자랑스럽게 여기도록 할 겁니다.

사생아와 그 어머니.

하지만 우리는 낡은 도덕과 끝까지 싸워, 태양처럼 살아갈 작정입니다.

아무쪼록 당신도 당신의 투쟁을 계속해 주세요.

혁명은 아직, 전혀 아무것도 일어나지 않았습니다. 더욱더 많은, 안타깝고 숭고한 희생이 필요한 듯합니다.

이 세상에서 가장 아름다운 건 희생자입니다.

어린 희생자가, 또 한 사람 있었습니다.

우에하라 씨.

전 이제 당신에게 무슨 부탁을 드릴 마음은 없습니다만, 그래도 이 어린 희생자를 위해 단 한 가지, 허락해 주시기 바랍니다.

그것은 제 아이를 딱 한 번이라도 좋으니, 당신 부인이 안아주셨으면 하는 것입니다. 그리고 그때 저는 이렇게 말하렵니다.

"이 아기는 나오지가 어떤 여자에게 몰래 낳게 한 아이예요."

어째서 그렇게 하려는 건지, 그것만은 아무한테도 말할 수 없습니다. 아니, 저 자신도 왜 그런 부탁을 하는 건지 잘 모르겠어요. 하지만 저는 무슨 일이 있어도 꼭 그렇게 해야만 합니다. 나오지라는 어린 희생자를 위해, 무슨 일이 있어도 꼭 그렇게 해야만 합니다.

불쾌하신가요? 불쾌하셔도 어쩔 수 없습니다. 이것이 버려지고 잊혀 가는 여자가 유일하게 부리는 심술이라 여겨, 꼭 들어주시기 바랍니다.

M·C 마이, 코미디언.

1947년 2월 7일.

"제 가슴속 무지개는 불꽃의 다리입니다."

작가 다자이 오사무(본명 쓰시마 슈지)는 태평양 전쟁 중에 가족을 데리고 고향 아오모리현 쓰가루에 있는 생가로 소개(疎開)를 떠났다. 그리고 그곳에서 종전을 맞이했다. 전후 새로운 농지 개혁이 발표되면서 대지주였던 쓰시마 집안은 급속도로 쇠퇴의 길에 접어들었고, 그 모습을 직접 지켜본 다자이는 평소 애독하던 러시아 작가 체호프의 『벚꽃 동산』을 떠올렸다.

1946년 11월 14일, 다자이는 도쿄로 돌아왔다. 다음 날인 11월 15일, 신초샤(新潮社) 출판부의 노하라 가즈오(野原一夫)는 장편 소설 집필을 의뢰하기 위해 다자이의 집을 방문했다. 11월 20일, 다자이는 신초샤를 방문해 출판 관계자들과 함께한 자리에서 이렇게 말했다고 한다. "걸작을 쓰겠습니다. 대걸작을 쓰겠습니다. 소설의 구상도 거의 마쳤습니다. 일본판

『벚꽃 동산』을 쓸 생각입니다. 몰락 계급의 비극입니다. 이미 제목을 정했습니다. 『사양』. 기우는 해. 『사양』입니다."

그러나 실제 작품의 전개는 『벚꽃 동산』과는 다른 방향으로 마무리된다. 『사양』은 귀족 계급의 몰락과 죽음이 그려지는 한 축과 대조적으로, 시대의 격변을 딛고 자신의 꿈을 쟁취하며 당당하게 현실을 헤쳐 나가려는 젊은 여성의 의지에도 무게 중심이 실려 있다. 주인공 가즈코의 모델이자 당시 다자이의 애인이었던 오타 시즈코의 일기를 다자이가 빌려 부분적인 에피소드를 차용했다는 일화도 전해진다. 이를테면 뱀 알을 태우는 이야기, 화재 소동, HOTEL SWITZERLAND가 나오는 꿈 등. 오타 시즈코의 『사양 일기』는 다자이의 『사양』이 발표되고 나서 1948년, 단행본으로 출간되었다.

1947년 2월, 다자이는 시즈오카현의 한 여관에 머물며 『사양』 집필을 시작했고 5월 24일, 시즈코는 다자이를 찾아가 임신 소식을 알렸다. 6월 말, 도쿄 미타카의 작업실에서 다자이는 『사양』을 탈고했다.

* * *

『사양』은 다자이 문학의 전모를 가장 잘 드러내 주는 걸작으로 평가받는다. 소설의 주요 인물은 어머니를 비롯해 작품의 내레이터인 가즈코, 남동생 나오지, 소설가 우에하라 등 네 명이다. 등장인물들 가운데 나오지에게는 다자이 삶의 전기 모습, 우에하라에게는 후기 모습이 투영되어 있고 어머니에게는 다자이의 이상형, 그리고 가즈코에게도 힘든 시기를 경험한 다자이의 생활이 투영되어 있다고 보는 연구자도 있다. 『사양』은 작가 자신의 분신이기도 한 이들이 서로 교차되면서 발하는 빛과 그림자가 한데 어우러져 묘한 조화를 이루어 낸다. 한 사람 한 사람이 자기만의 색깔과 목소리를 지니고 개성 있게 연주되는 '마지막 4중주'.

몰락해 가는 집안의 현실 앞에서 '최후의 귀부인'인 어머니는 가족의 상처를 보듬으며 얼마 남지 않은 자신의 목숨을 담담히 받아들인다. 그녀는 진정한 기품을 갖추고 절망과 상심의 순간에 오히려 유머 감각을 발휘하는 대범함을 보여 준다. 딸 가즈코의 부주의로 인해 화재가 나고 말았을 때도 어머니는 "별일 아니야. 어차피 장작은 불태우기 위한 거니까."라는 말로 여유롭게 대처한다. 사소한 격식이나 예절 따위에 얽매이지 않으며 고상하고 품위 있는 어머니지만 경제력이라는 현실적 문제 앞에서는 무방비 상태다.

한편 가즈코는 혁명과 사랑을 위해 스스로 강인한 투사로 변신한다. "인간은 사랑과 혁명을 위해 태어난 것이다."(109쪽) "혁명은, 대체 어디서 일어나고 있을까요? 적어도 우리들 주변에서 낡은 도덕은 여전히 그대로 털끝만큼도 바뀌지 않은 채, 우리의 앞길을 가로막고 있습니다. 바다 표면의 파도가 아무리 요동친들 그 밑바닥의 바닷물은 혁명은커녕 꿈쩍도 않고 자는 척 드러누워 있을 뿐인걸요."(163쪽)

애정 없는 결혼이 어떤 것인지를 한 번 아프게 체험한 가즈코는 더 이상 적당히 현실과 타협하려 하지 않는다. '가슴에 걸린 무지개', 사랑을 이루는 데에 낡은 도덕은 뛰어넘어야 할 벽이다. 가즈코가 얻은 사랑의 결실은 '사생아와 그 어머니'로 불리기 십상이지만, 그녀에겐 마리아의 성모자가 지닌 빛나는 긍지가 있다. 『사양』의 등장인물들 가운데 가즈코의 생명력은 단연 돋보인다. 어머니의 죽음에 이어 맞닥뜨린 동생 나오지의 자살이 가즈코에게 삶을 지탱하기 위한 강렬한 욕망을 불러일으키는 촉매가 되었다고 볼 수 있다.

나오지는 귀족 출신이라는 우월감과 자괴감을 동시에 품고 있다. 그의 내면은 벼랑 끝에 서 있는 듯 불안하고 폭발 직전이다. 해소되지 않는 정신적 갈등과 방황은 마약 중독이나 방탕한 생활로 치닫는다. 한편 문학과 예술을 사랑하는 섬세한 감수성은 추악한 현실의 이면에 깃든 위선과 거짓을 간파하고 절망에 이르게 된다. 그는 '이 세상의 공기와 햇볕 속에서 살기'에는 너무나 허약한 풀이다. '희망의 지반'을 발견하지 못한 나오지에게 싹튼 비밀스러운 사랑은 누나 가즈코의 사랑과 공감대를 형성한다.

나오지가 존경하는 소설가 우에하라는 나름의 방식으로 현실과 맞서고 있지만 그 역시 나오지 못지않게 비관적 인식의 소유자다.

"잘 안 돼. 무얼 써 봐도 시시하고, 그냥 괜히 슬퍼 죽겠어. 목숨의 황혼. 예술의 황혼. 인류의 황혼."(138쪽)

"죽을 작정으로 마시고 있어. 살아 있다는 게 슬퍼서 견딜 수 없어. 외롭다느니 쓸쓸하다느니 그런 한가로운 게 아니고, 슬퍼. 음침한 탄식의 한숨이 사방 벽에서 들려올 때, 자신들만의 행복 따위 있을 리가 없잖아? 자신의 행복도 영광도 살아 있는 동안엔 결코 없다는 걸 알았을 때, 사람은 어떤 기분일 까? 노력. 그런 건 그저 굶주린 야수의 먹잇감이 될 뿐이지. 비참한 사람이 너무 많아."(143~144쪽)

가즈코가 마지막으로 우에하라에게 보낸 편지에서 가즈코 는 태어난 아이를 우에하라의 부인이 안아 주길 바란다고 썼 다. 또한 "이 아기는 나오지가 어떤 여자에게 몰래 낳게 한 아 이예요."(164쪽)라고 말하고 싶다는 바람을 강조한다. 어째서 그렇게 하려는 것인지? 그것은 가즈코 자신도 명확하게 자각 하고 있지 않지만 '나오지가 어떤 여자에게 몰래 낳게 한 아 이'라고 할 때의 '어떤 여자'란 어쩌면 가즈코 자신을 비유한 것이 아닐까. 나오지가 몰래 사랑한 '부인'에게 가즈코의 아이 를, 나오지의 아이로 안아 주기를 바란 것은 나오지의 연애 성 취가 동시에 '누나'와 '남동생'을 일체화시키는 성취로 받아 들였기 때문이라고 볼 수 있을 것이다. 『사양』에서 주목할 점 으로 누나(가즈코)와 남동생(나오지) 두 사람의 '비밀스러운 연대의 가능성'(안도 히로시(安藤宏), 『다자이 오사무, 나약함을 연기한다는 것』(2002))을 발견한다면 소설 읽기는 한층 흥미로 워진다.

『사양』은 등장인물뿐만 아니라 작품의 구성 면에서도 매우 다채롭다. 고백과 편지, 일기, 추억 등으로 짜인 서술 방식, 그 리고 작품 전반에 걸쳐 묘사되는 뱀의 상징성과 분위기. 이들 의 상승효과는 『사양』이 산문이라기보다 시에 가깝다는 평에 절로 고개를 끄덕이게 한다. 더욱이 다자이 문학의 독보적인 특징이기도 한 여성 독백체를 통해 페미니즘 문학 관점에서 그 위상이 재조명될 만하다.

* * *

　다자이 오사무는 스물일곱에 펴낸 자신의 첫 창작집에 '만년(晩年)'이라는 제목을 붙였다. 『만년』은 그가 자살을 전제로 유서를 남기듯 소설을 써 나갔음을 암시한다. 『만년』이 문단에 커다란 반향을 일으키자, 다자이는 신진 작가로서 주목을 한 몸에 받게 되었다.

　"나는 이 단편집 한 권을 위해 10년을 허비했다. 만 10년. 보통 시민과 똑같은 산뜻한 아침 식사를 하지 못했다. 나는 이 책 한 권을 위해 은신처를 잃고, 끊임없이 자존심에 상처 입고 세상의 찬바람을 호되게 맞으며 그렇게 정처 없이 돌아다녔다. (……) 혀를 데이고 가슴을 태우고 내 몸을 도저히 회복 불가능할 때까지 일부러 망가뜨렸다. 100편이 넘는 소설을 찢어 없앴다. 원고지 5만 매. 그래서 남은 거라곤 겨우 이것뿐이다. 이것뿐. (……) 그렇지만 나는 믿는다. 이 단편집 『만년』은 해가 거듭될수록 한층 더 선명하게 그대의 눈에, 그대의 가슴에 침투해 갈 것임에 틀림없다는 것을. 나는 오로지 이 책 한 권을 만들기 위해 태어났다. (……) 어쨌건, 『만년』 한 권이 그대의 손때로 검게 빛날 때까지 몇 번이고 거듭 애독될 것을 생각하면 아아, 나는 행복하다." 《문예잡지》 1936. 1)

　『사양』은 다자이가 서른아홉의 나이로 생을 마감하기 1년 전에 쓴 작품이다. 문예지《신초(新潮)》에 1947년 7월호부터 10월호까지 4회에 걸쳐 연재되었으며 12월 15일 간행되었다. 초판 발행 부수 1만 부, 곧이어 2판 5000부, 3판 5000부, 4판 1만 부를 거듭하며 베스트셀러가 되었다. 인기 작가로서 다자이의 명성을 미루어 짐작할 수 있다. 아울러 이 소설이 발표와 동시에 엄청난 반응을 얻을 수 있었던 이유 가운데 하나로, 이 시기의 일본 연극계를 중심으로 광범위한 체호프 붐이 일어나고 있었다는 사실을 간과할 수 없을 것이다.

소설『사양』은 몰락해 가는 상류 계급의 사람들을 가리키는 '사양족'이라는 유행어를 낳았고 드라마와 영화, 연극 등의 장르로 각색되기도 했다. 붉은 지붕의 위용을 자랑하며 현재도 남아 있는 다자이의 생가는 '사양관'으로 이름 지어져 기념관이 되었다.

다자이가 창작 활동을 한 것은 1933년 「추억」(작가의 유년기, 소년기를 그린 자서전적 소설로『만년』의 중심을 이루는 처녀작이다.)에서부터 유작이 된 1948년 「굿바이」까지 15년간이다. 작가가 타계한 지 올해로 70여 년. 다자이 문학에 대한 해석도 새로운 양상을 띠기 시작한 듯하다. 패전 후의 혼란과 퇴폐를 표방하는 '무뢰파(無賴派) 작가', '부(負)의 순교자'라는 이미지를 벗고, 넘쳐나는 관계망 속에서 점점 외톨이가 되어 가는 현대인의 고독을 대변하면서 다자이 문학은 한층 더 공감의 폭을 넓히고 있다.

다자이 오사무의『만년』을 번역한 때가 1997년. 그 후 2002년에『사양』을 우리말로 옮겼고 이번에 다시 다듬어 내놓게 되었다. 원작이 지닌 문장의 호흡과 결을 가능한 한 살리고자 고심하였다. 기꺼이 응원해 준 민음사 편집부에 깊은 고마움을 전하고 싶다.

2018년 9월
유숙자

작가 연보

1909년   아오모리(青森)현 쓰가루(津輕)군에서 신흥 상인이
　　　　　자 대지주인 부친 쓰시마 겐에몬(津島源右衛門)과
　　　　　모친 다네 사이에 열 번째이자 6남으로 출생. 본명
　　　　　은 쓰시마 슈지(津島修治).

1912년   5월, 부친이 중의원 의원에 당선.

1916년   4월, 가나기(金木) 제일심상 소학교에 입학. 줄곧
　　　　　수석을 차지했다.

1922년   부친이 귀족원 의원에 당선.

1923년   3월, 부친이 도쿄의 병원에서 사망(53세). 4월, 현
　　　　　립 아오모리 중학교에 입학.

1925년   동인지《성좌》,《신기루》등을 창간해 작품을 발표.
　　　　　이 무렵부터 작가의 꿈을 키우며 창작에 열중했다.

1927년   4월, 히로사키(弘前) 고등학교에 입학. 7월, 아쿠타

가와 류노스케(芥川龍之介)의 자살에 충격을 받고 학업을 소홀히 하게 되었다. 게이샤 베니코(紅子, 본명 오야마 하쓰요(小山初代))를 만나다.

1928년 5월, 동인지 《세포문예》를 창간. 생가의 치부를 고발한 장편소설 「무간나락」 발표.

1929년 12월, 기말 시험 전날 밤, 다량의 칼모틴으로 하숙방에서 첫 번째 자살 미수.

1930년 4월, 도쿄 제국 대학 불문과에 입학. 이후 작가 이부세 마스지(井伏鱒二)에게 사사. 고교 선배의 권유로 비합법 좌익 운동에 참가하다. 11월, 도쿄 긴자의 카페 여급 다나베 아쓰미와 가마쿠라(鎌倉) 해안에서 칼모틴으로 동반 자살 기도, 여자만 사망. 12월, 큰형으로부터 분가 제적을 조건으로 허락받아 하쓰요와 혼례를 올렸다.

1932년 7월, 아오모리 경찰서에서 조사를 받고 비합법 활동과의 절연을 서약. 단편 「추억」을 집필. 이후 「어복기(魚服記)」, 「잎」, 「로마네스크」 등 『만년(晩年)』에 수록될 작품들을 잇달아 발표.

1934년 동인지 《푸른 꽃》 발간.

1935년 3월, 도쿄 대학 낙제, 미야코(都) 신문 입사 시험에도 실패. 가마쿠라의 산에서 자살 기도. 맹장염 수술 후 복막염을 일으켜 중태에 빠졌다. 입원 중, 진통제 파비날에 중독. 5월, 「일본낭만파」에 참가. 「광대의 꽃」 발표. 8월, 「역행(逆行)」으로 제1회 아쿠타가와상 차석, 문단 데뷔.

1936년   6월, 첫 창작집 『만년』을 간행. 파비날 중독 증상이 극심해져 병원에 입원, 한 달 후 완치되어 퇴원. 9월, 「창생기(創生記)」, 「교겐(狂言)의 신」 발표.

1937년   3월, 아내 하쓰요의 부정을 알고 나서, 함께 칼모틴으로 동반 자살 미수. 4월, 『HUMAN LOST』 발표. 6월, 하쓰요와 이별. 7월, 창작집 『20세기 기수』 간행.

1938년   9월, 야마나시 현 덴카차야(天下茶屋)로 가서 창작에 전념.

1939년   1월, 이시하라 미치코(石原美知子)와 결혼. 「부악백경(富嶽百景)」, 「여학생」 등 발표. 단편집 『사랑과 미에 대하여』 간행. 9월, 도쿄 미타카(三鷹)로 이사.

1940년   다나카 히데미쓰(田中英光)가 다자이를 방문, 이후 사사. 5월 「달려라 메로스」 발표.

1941년   「청빈담(淸貧譚)」, 「도쿄팔경(東京八景)」 등 발표. 6월, 장녀 소노코(園子) 태어남. 문인 징용령을 받았으나 흉부 질환으로 징용 면제.

1942년   장편 『정의와 미소(正義と微笑)』, 창작집 『여성』 간행. 이 무렵부터 군사 교련을 받다. 12월, 모친이 위독하다는 소식을 듣고 귀향. 모친 사망(69세).

1943년   「고향」 발표. 9월, 장편 『우다이진 사네토모(右大臣實朝)』 간행.

1944년   『쓰가루(津輕)』 집필을 의뢰받아 쓰가루 지방을 여

행. 8월, 장남 태어남. 창작집 『가일(佳日)』 간행, 영
화화되었다. 11월, 『쓰가루』 간행.

1945년   4월, 공습으로 자택이 일부 파손, 고후(甲府)의 처
가로 소개. 7월, 가족을 데리고 고향의 생가에 도
착. 9월, 장편 『석별』 간행. 10월, 『옛이야기』 간행.
농지 개혁으로 지주 제도가 해체되면서 생가는 사
양의 길에 접어들었다.

1946년   전후 첫 중의원 의원 선거에 큰형 당선. 「고뇌의 연
감」, 희곡 「겨울 불꽃놀이」 발표, 『판도라의 상자』
간행.

1947년   오타 시즈코(太田靜子)의 집을 방문, 일기를 빌리
다. 그녀의 일기는 소설 「사양」에 반영되었다. 3월,
차녀 사토코(里子, 작가 쓰시마 유코(津島佑子)) 태어
남. 11월, 오타 시즈코와의 사이에 딸 하루코(治子,
작가 오타 하루코(太田治子)) 태어남. 12월, 『사양』
간행. '사양족'이라는 단어를 유행시키며 베스트셀
러가 되었다.

1948년   『다자이 오사무 수상집』, 『다자이 오사무 전집』 간
행. 이 무렵 자주 각혈했다. 5월, 「앵두」 발표. 「인
간 실격」 탈고 후 아사히 신문의 연재 소설 「굿바
이」 집필에 착수. 6월, 「인간 실격」 일부를 《전망》
에 발표. 6월 13일 밤, 도쿄 미타카의 다마 강 수원
지에 야마자키 도미에(山崎富榮)와 투신, 동반 자
살. 만 39세의 생일인 6월 19일, 시신 발견. 6, 7월,

유고 「굿바이」 발표. 7월, 『인간 실격』, 작품집 『앵두』 간행. 11월, 『여시아문(如是我聞)』 간행.

세계문학전집 **359**

사양

1판 1쇄 펴냄 2018년 9월 21일
1판 15쇄 펴냄 2024년 4월 11일

지은이 다자이 오사무
옮긴이 유숙자
발행인 박근섭, 박상준
펴낸곳 (주)민음사

출판등록 1966. 5. 19. (제 16-490호)
서울특별시 강남구 도산대로1길 62(신사동) 강남출판문화센터 5층 (우편번호 06027)
대표전화 02-515-2000 팩시밀리 02-515-2007
www.minumsa.com

ISBN 978-89-374-6359-4 04800
ISBN 978-89-374-6000-5 (세트)

* 잘못 만들어진 책은 구입처에서 교환해 드립니다.

세계문학전집 목록

세계문학전집은 계속 간행됩니다.